Ingeborg Zadravec

Ho Ho Hopsala, es weihnachtet!

AF282564

Ingeborg Zadravec

Ho Ho Hopsala, es weihnachtet!

Mit viel Humor durch die stressige Weihnachtszeit

Impressum

Bibliografische Information der Deutschen Nationalbibliothek: Die Deutsche Nationalbibliothek verzeichnet diese Publikation in der Deutschen Nationalbibliografie; detaillierte bibliografische Daten sind im Internet über http://dnb.dnb.de abrufbar.

Die automatisierte Analyse des Werkes, um daraus Informationen insbesondere über Muster, Trends und Korrelationen gemäß §44b UrhG („Text und Data Mining") zu gewinnen, ist untersagt.

Dieses Buch verwendet Schriftarten, die unter der Apache License, Version 2.0, lizenziert sind. Licensed under the Apache License, Version 2.0: http://www.apache.org/licenses/LICENSE-2.0

© 2024 Ingeborg Zadravec

Lektorat & Korrektorat: Monika Fischer, www.lektorat-federleicht.de

Covergestaltung: Rebecca Povoden

Verlag: BoD · Books on Demand GmbH, In de Tarpen 42, 22848 Norderstedt

Druck: Libri Plureos GmbH, Friedensallee 273, 22763 Hamburg

ISBN: 978-3-7597-7033-2

Für Gregor, Paul, Valerie

und für alle, die die Weihnachtszeit lieben!

Klopf, klopf, klopf! klingt es aus der Ferne. Es ist nicht zuzuordnen, jedoch immer lauter werdend bei der Wiederholung der Töne. *Klopf, klopf, klopf!* Der Hase dreht sich noch im Dämmerschlaf auf die andere Seite, denn er ist sich sicher, dass ihn das nicht betrifft. Nochmals: *Klopf, klopf, klopf!* „Nicht schon wieder! Das kann nur der Nachbar sein, Herr Specht", ist der erste klare Gedanke des Hasen, als er durch die Ruhestörung endgültig aus seiner wohlverdienten Ruhe ins Hier und Jetzt katapultiert wird. Er will schon zum Telefon greifen, um sich bei seinem Nachbarn lautstark über dieses unverschämte Verhalten zu beschweren, als ein erneutes, lautes Klopfen eindeutig von seiner Eingangstür zu hören ist.

„Nicht jetzt auch noch ein Besuch", denkt der Hase. „Ich bin noch müde, meine Glieder sind ganz steif, meine Augen bekomme ich auch noch nicht richtig auf, außerdem ist es kalt und …" Weiter kommt er mit seinen Gedanken nicht, denn das erneute Klopfen wird mit einem lauten „Hallo!" zu einem ohrenbetäubenden Geräusch ergänzt. Um dem Lärm ein Ende zu bereiten, bevor auch noch seine Frau und die Kinder munter werden, bleibt dem verschlafenen Hasen nichts anderes übrig, als zur Tür zu gehen, um dem Krachmacher mitzuteilen, dass er nicht gestört werden möchte. Mühsam streckt er seine vier Beine, steht auf und setzt sich langsam in Bewegung Richtung Eingangstür.

Nach einem weiteren *Klopf, klopf, klopf!* „Herr Hase, bitte öffnen Sie! Es ist wichtig!", sinkt seine Stimmung auf dem Weg zur Tür auf den Nullpunkt. Denn jetzt ist sich Meister Langohr sicher, dass er den Ruhestörer nicht sofort loswerden würde, um rasch wieder in sein weiches, warmes

Bett zurückkehren zu können. Zornig reißt er die Haustür auf und will schon dem Störenfried lautstark seine Meinung sagen, als er in ein rotwangiges Gesicht mit spitzen Ohren blickt. Das Wesen trägt eine grünrote Zipfelmütze, die zu groß wirkt, da sie bis zum Nasenansatz reicht. Der Hase ist äußerst irritiert. „Wa, wa, was wollen Sie von mir?", stammelt er sein Gegenüber an. Aus dem Eindringling sprudeln die Worte so rasch, dass er dem Sinn kaum folgen kann. Trotz seiner großen Ohren versteht er nur: „… bin Wichteloffizier … Weihnachtskomitee schickt mich … Notfall … dringend … weltweite Katastrophe … sofort kommen…" Dabei fuchtelt der Wichtel aufgeregt mit den Armen vor seinen Augen herum. Nur ein energisches „Stopp!" erwirkt eine kurze Ruhepause. Er fordert den Wichtel auf, sich zu beruhigen, einzutreten, und ihm in Ruhe die Dringlichkeit zu erläutern. Mittlerweile hat sich diese Unruhe auf den Hasen übertragen. Seine Knie beginnen zu zittern. Noch immer leicht hektisch lehnt der Wichteloffizier die Einladung ab und fleht ihn an, dringend zum Weihnachtsmann mitzukommen, denn es sei sehr, sehr wichtig und nur er könne eine große Katastrophe verhindern. Dabei überschlägt sich seine Stimme. Der zappelnde Wichtel fasst das linke Vorderbein des Hasen, um ihn gleich mitzuziehen.

„Moment, Moment!", ruft Meister Langohr völlig irritiert. Von der Situation überfordert, versichert er dem Wichtel, dass er noch seine Stiefel, Jacke und Haube anziehen müsse, bevor er mitkommen könne. Immerhin ist er inzwischen hellwach und bemerkt, dass die Landschaft mit einer dicken weißen Schneedecke überzogen ist. Dies sei nicht notwendig, behauptet der noch immer hibbelige Gesandte, denn sie müssten nicht zu Fuß gehen, sondern würden mit dem neuesten Modell des *ESFWSM 3000* reisen und zeigt dabei mit seinem Finger in Richtung des Transportmittels. Mit staunenden Augen und offenem Mund zieht der Hase seine Tür zu und bewegt sich in die ihm gezeigte Richtung auf ein Gefährt zu, das einer Weihnachtskugel mit Propeller ähnlichsieht. Es hat turbinenähnliche Öffnungen, die auf sie gerichtet sind.

Vor Glück strahlend geht der Wichtel voraus. Er ist sich sicher, dass er seinen Auftrag zur Zufriedenheit seines Chefs erfüllen wird und kann es kaum erwarten, ein großes Lob von seinem Boss zu bekommen. In seine Gedanken versunken und an eine Zuckerstangenbonifikation denkend, sind es die ersten ruhigen Sekunden, die er dem Reisegast schenkt. Noch immer staunend nimmt der Abgeholte auf dem Co-Pilotensitz Platz, als erneut Hektik beim Wichtel aufkommt, in dem er auf zig Knöpfe drückt und alles zu blinken beginnt.

Der Hase kann seine Neugier nicht unterdrücken und fragt den Piloten, was das für ein Fahrzeug sei. Kaum ausgesprochen, bereut er, sie jemals gestellt zu haben. Der Wichtel überschüttet ihn mit einer Lawine von technischen Details des ultra-ultra-ultra-schnellen Elektro-Science-Fiction-Weihnacht-Space-Mobils, kurz *ESFWSM* genannt. Somit löst sich seine Hoffnung in Luft auf, während des Fluges seine Gedanken etwas ordnen zu können, um somit etwas Ruhe in seinem Inneren zu schaffen.

Nach Anschub, Flugbeschleuniger, ARS 212, JCC 2.2., UBC 4000, 8,2 Millionen blablabla …, beginnt es in seinem Kopf zu surren. „Nicht jetzt auch noch einen Migräneanfall", denkt der Hase, als er, nach einem leisen *Dock* und dem Ausgehen aller Lichter, irritiert zum Piloten blickt. Dieser wird plötzlich wieder ganz hektisch und treibt seinen Passagier mit einem „Husch, husch, husch, der Weihnachtsmann wartet!", aus dem Gefährt.

Draußen, auf einer Rampe stehend, erblickt der Hase ein faszinierend buntes Treiben. Eine riesige Halle mit Spielzeug bis in unendliche Höhen. Überall wimmelt es von gut gelaunten Elfen und Wichteln, die fast überall Spielsachen aller Art produzieren. Im hinteren Bereich erblickt er eine Verpackungsmaschine, die wahrscheinlich wieder eine Buchstaben-Maschine ist, wie das Luftobjekt, welches ihn zu diesem besonderen Ort gebracht hat.

In der hintersten Ecke vor dem Ausgang, werfen sich die Wichtel Pakete zu, bis der letzte sie in einem überdimensionalen roten Sack verschwinden lässt. Der Hase ist überwältigt von der riesigen Produktionsstätte, dieser Lebendigkeit, dem emsigen Treiben und den vielen gut gelaunten Helferlein. Die gute Stimmung ist spürbar und ansteckend. Die Gedanken an seine weitaus kleinere Werkstatt dämpfen sein angenehmes Empfinden. Dazu kommen die Gedanken an das Gegacker seiner konkurrierenden Hühner, welches von ihnen die größeren Eier legen kann. Beim Gedanken an seine Gattin wird er noch trauriger. „Wenn sie das sehen könnte", geht es ihm durch den Kopf. Er zuckt zusammen, da ihm plötzlich klar wird, dass er vergessen hat, ihr eine Nachricht zu hinterlassen, damit sie sich keine Sorgen machen muss. Oje, das gibt Ärger! Sie macht sich ständig und über alles Sorgen.

Seine Stimmung hebt sich allerdings sofort wieder, als seine Nase den Duft von Zucker, Zimt, Honig und Butterkeksen wahrnimmt. Er liebt Butterkekse mit Zuckerkarottengeschmack. Zum ersten Mal, seit er heute aufgestanden ist, überkommt ihn ein Glücksgefühl. Seine Augen strahlen!

Während seine Mundwinkel sich nach oben bewegen, senken sich seine Ohren und seine Knie werden weich. Auch sein Bauch meldet sich. Er will gerade fragen, ob er etwas zu essen haben kann, denn durch den überstürzten Aufbruch ist sein Frühstück ausgefallen, als er schon wieder ein Ziehen am Arm verspürt. Das schöne bunte Bild wird durch einen zappeligen Wichtel mit energischer Stimme ersetzt. „Nun kommen Sie endlich weiter! Der Weihnachtsmann erwartet Sie in der Steuerungszentrale!" Der Oberwichtel zeigt mit seinem Finger in die Höhe zu einem riesigen Glasfenster.

„Jetzt reicht es! Ich will sofort wissen, was das eigentlich soll. Warum bin ich hier?", sprudelt es leicht wütend aus seinem Mund, während er eine Bedrohung wittert. Wobei er sich mit der Bedrohung gar nicht sicher ist, denn sein Magen knurrt, und wenn er hungrig ist, kann er sich nicht immer auf seine Sinne verlassen.

Der Wichtel wechselt sofort auf ein flehendes „Bitte, Herr Hase, wir sind schon fast am Ziel. Der Weihnachtsmann wird Ihnen alles erklären. Bitte kommen Sie mit nach oben in die Zentrale!"

„Was soll's", denkt er, „vielleicht bekomme ich in der Zentrale etwas Vernünftiges gegen mein Magenknurren. Immerhin bin ich Gast." Und so hofft er auf eine entsprechende Bewirtung. Er folgt dem nun wieder zufrieden strahlenden Wichtel zum Lift und stutzt. Auch dieser Lift sieht sonderbar aus. In der Mitte ist viel Platz, an den beiden Seitenwänden sind in mehreren Reihen übereinander Klappsitze montiert und ganz oben erblickt er auf jeder Seite zwei Stangen. Nach der Aufforderung Platz zu nehmen, kann er seine Neugier nicht bezähmen und will wissen, wozu es die Sitze und Stangen an der Wand gibt. Er bedauert schon, diese Frage gestellt zu haben, als sein Begleiter zu strahlen beginnt. Wider Erwarten wird er diesmal nicht mit unzähligen Infos überhäuft. „Die Sitze sind für die Wichtel und auf den Stangen sitzen die Elfen. So pendeln wir zwischen unseren Quartieren zur Arbeit und zur morgend- und abendlichen Lagebesprechung in den großen Sitzungssaal." Die Lifttür schließt sich und der Blick des Hasen fällt auf zwei Hinweisschilder. Er bricht in ein leicht hysterisches Lachen aus. Auf beiden Bildern geht es um die Belastbarkeitsgrenze des Liftes. Laut dem einen Schild ist die Vollbesetzung erreicht, wenn alle Klappsessel mit Wichteln besetzt sind, auf den Stangen die Elfen dicht an dicht sitzen und sich in der Mitte der Schlitten mit den neun Rentieren und dem Weihnachtsmann befindet. Auf dem zweiten Hinweisschild sind keine Wichtel oder Elfen zu sehen, sondern nur noch der Schlitten mit den neun Rentieren, dem Weihnachtsmann und ein riesiger, prall gefüllter roter Sack. Abrupt stoppt sein Lachen, als durch ein leises Klingeln die Ankunft des Liftes in der richtigen Etage angekündigt wird. Er beginnt nervös zu werden, denn er weiß noch immer nichts über den Grund dieser Aktion. Und mit allergrößter Wahrscheinlichkeit wird er nicht zu einem unverbindlichen Kaffeeplausch geladen. Die Türen öffnen sich. Was er sieht, erinnert ihn stark an ein Bild der Kommandozentrale einer Raumfahrtstation, die er einmal in einem Film gesehen hat. Er schaut geradewegs auf viele Computerplätze. Wichtel sitzen davor und tippen wild auf die für ihn unsichtbaren Tastaturen. Dahinter befindet sich eine riesige Videowall mit hunderten von Bildern, welche die Aufnahmekapazität des Hasen völlig überfordern. Seitlich davon und somit alles (die Kommandozentrale und durch eine Glasscheibe die Produktionshalle) überblickend, sitzt der Weihnachtsmann in einem …

„Oh mein Gott", entweicht es dem Hasen, als er feststellt, dass der Weihnachtsmann in einem Rollstuhl sitzt und sein linkes, in Gips gehülltes Bein hochgelagert ist. Durch seine Aufregung und Nervosität bekommt er gar nicht mit, dass der Wichtel nicht mehr neben ihm steht, sondern stattdessen die Frau des Weihnachtsmannes seinen Platz eingenommen hat. „Kommen Sie mit Herr Osterhase, wir erwarten Sie schon dringend", sagte sie mit einer melodischen Stimme, welche einladend erwähnt, dass sie sich erlaube, ein paar Karottenbutterkekse und eine Karaffe Quellwasser vorzubereiten. „Sie werden sicher von der langen Reise hungrig und durstig sein. Noch dazu, wo wir Sie aufgrund der Dringlichkeit unseres Anliegens doch etwas überrumpeln mussten."

Sein erster klarer Gedanke: „FLÜCHTE! Gefahr droht!" Doch der Duft von Karottenbutterkeksen, die sich auf dem Tablett der Frau befinden, benebelt seine Sinne und er folgt ihr bis zu einem kleinen Tisch mit Sessel, der sich direkt neben dem Weihnachtsmann befindet. Natürlich hat der Weihnachtsmann unterdessen mitbekommen, dass sein Gast eingetroffen ist. Er dreht sich in seine Richtung und strahlt ihm entgegen. „Herzlich willkommen! Nehmen Sie Platz, Herr Kollege. Ich freue mich, dass Sie meiner Einladung gefolgt sind", begrüßt er seinen Gast. „Von wegen *Einladung*", denkt sich der Ankömmling. „Das war eher eine *Abholaktion mit Nachdruck.*"

Die Weihnachtsfrau fordert ihn auf, Platz zu nehmen und sich zuerst einmal zu stärken. Er setzt sich und mit leicht zitternden Knien, die sich auch im Sitzen nicht beruhigen wollen, nimmt er erst mal einen großen Schluck Wasser. Er schließt die Augen, in der Hoffnung, dass er durch das kühle Nass zu Sinnen kommt, aufwacht und sich alles nur als Traum entpuppen würde. Doch das ist nicht so. Der Weihnachtsmann strahlt ihn weiterhin durch seine Brille an und man kann sein Lächeln trotz Bart sehen. Sein Blick hat etwas Beruhigendes. Langsam beginnt sich der Hase in seinem äußerst bequemen Sessel zu entspannen. Das Zittern seiner Knie nimmt ab und die aus Angst aufgestellten Löffelohren des Hasen knicken auf *Halbmast*. „Na, so schlimm kann es nicht werden", denkt er und nimmt sich einen der duftenden Kekse und beißt genüsslich hinein. Er beginnt, sich gerade wohlzufühlen, als er bemerkt, dass die Frau des Weihnachtsmannes ihrem Gatten etwas ins Ohr flüstert. Er bekommt von der geflüsterten Antwort des Weihnachtsmannes gerade noch ein „… wir haben dafür keine Zeit … muss gleich zum Punkt kommen …" mit. Betört vom Geschmack der leckersten Kekse, die er jemals gegessen hat, ergreift er die Chance, einen weiteren Keks zu nehmen.

„Herr Osterhase", unterbricht ihn der Weihnachtsmann in seiner Seligkeit, „ich möchte Ihnen aufgrund der Dringlichkeit, ohne viel Small Talk vorab, eine Erklärung für meine Einladung geben." Sofort verspannt sich der Hase wieder und Angst breitet sich in Sekundenschnelle bis in seine kleinste Zelle aus. Der Weihnachtsmann, der das mitbekommt, beginnt mit seiner samtigen Bassstimme seine Ausführungen: „Herr Kollege, wir hatten ja schon beim letzten *IGL-Gipfel* (International-Gift-Logistic-Gipfel – ein Treffen der größten Geschenkartikeltransporteure) das Vergnügen, ein wenig miteinander zu plaudern. Zusammen mit dem Nikolaus haben wir festgestellt, dass wir die Einzigen sind, bei denen von der Produktion bis zur Zustellung alles in einer Hand liegt. Uns verbindet die Tradition und wir sind seit zig Generationen im Geschäft und wir leiden weder unter Absatzproblemen noch unter Personalmangel."

Die kurze Unterbrechung nutzt der Weihnachtsmann, um einen Schluck von seinem Kakao, in dem Mäusespeckwürfeln schwimmen, zu trinken. Auch der Hase greift schnell nach einem weiteren Keks und schaut seinen Gastgeber fragend an. Noch immer ahnt der Hase nicht, was diese Worte für ihn bedeuten sollen. Sicher kann er sich an das Gespräch erinnern. Die drei hatten sich abends in der Bar getroffen. Das Christkind hatte sich schon zurückgezogen. Sie waren fassungslos von den Forderungen der anderen Teilnehmer. Zollfreiheit, Steuersenkung, Lohnnebenkosten und was sonst noch alles diskutiert wurde. Für die drei waren es unbekannte Begriffe. Und weil sie sich überfordert fühlten, plauderten sie über Traditionen, Verpackungen und gut bewährte Verstecke oder Ablagemöglichkeiten. Hier kannten sie sich bis ins kleinste Detail aus. Zur späteren Stunde spendierte der Weihnachtsmann eine Runde Weihnachtspunsch und er selbst zwei Runden Eierlikör. Der Nikolaus ließ sie vor dem Schlafengehen aus seinem Flachmann, gefüllt mit selbstgebrautem Glühgin, kosten. Das war ein Abend! Er will gerade seine Erinnerungen mit dem Weihnachtsmann teilen, als dieser weiterspricht. „Leider muss ich aus Zeitgründen, um eine nahende Katastrophe noch abwenden zu können, gleich auf den Punkt meiner Einladung kommen. Ich bitte Sie, meine Stellvertretung zu sein."

So richtig kann der Osterhase sein Anliegen, auch von wegen *Dringlichkeit*, nicht verstehen und fragt den Weihnachtsmann mit vollem Mund, mittlerweile an seinem vierten Karottenbutterkeks kauend, wobei er ihn denn vertreten solle. „Sie müssen zu Weihnachten die Geschenke für mich austeilen." Die Stimme des Weihnachtsmannes wird flehend. „Bitte helfen Sie mir."

Ein Hustenanfall ist die erste Antwort, denn der Hase hat sich an einem Krümel verschluckt. Als sich sein Husten beruhigt, stößt er ein schnelles „Auf gar keinen Fall!" aus, steht auf und will schon zur Flucht ansetzen, als ihn die sonore Stimme bittet, ihm die Lage weiter erklären zu dürfen. Er solle sich erst danach entscheiden, ob er wirklich ablehnen möchte. Der Hase bleibt stehen, dreht sich um und lässt sein Kinn hängen. Er ist fassungslos über den Vorschlag, dass er den Weihnachtsmann vertreten soll.

„Wie soll das gehen? Was werden die Leute sagen, wenn sie anstelle des stattlichen Weihnachtsmannes den Osterhasen antreffen? Das geht doch gar nicht! Überhaupt nicht!", sprudelt es nur so aus ihm heraus.

„Beruhigen Sie sich, Herr Kollege!", fordert ihn sein Visavis mit der tiefen Stimme auf, die ihre Wirkung nicht verfehlt. Neugierig wie er ist, will der Hase nun wissen, wie man auf so einen absurden Gedanken kommen kann.

„Sie haben ja mein Gipsbein gesehen." Der Weihnachtsmann weist mit der Hand auf sein linkes weißverpacktes Bein, bevor er weiterspricht. „Doch nehmen Sie zuerst Platz, dann ist es gleich gemütlicher und ich erzähle von Anfang an."

Es begann alles damit, dass seine Frau die Bauchkitzelkekse versteckte, damit er nicht heimlich naschen konnte, um sein *Ho ho ho* zu üben. Das Üben war eine Ausrede von ihm, denn er liebte diese Kekse. Er musste immer lachen, wenn er sie aß und beim *Ho ho ho* wippte dann stets sein Bauch auf und ab. Da er im Vorjahr so viele Bauchkitzelkekse gegessen hatte, dass sein Bauch noch runder wurde als er sowieso schon war, kam in diesem Jahr sein Weihnachtsmann-Anzug an die Grenze seiner Belastbarkeit. Ein Knopf löste sich durch die Spannung und flog im hohen Bogen in Richtung des ältesten IT-Wichtels und traf ihn am Auge. Daraufhin musste dieser sofort in den Krankenstand. Somit fiel durch diesen Arbeitsunfall der erfahrenste ITler die ganze Weihnachtssaison aus. Die Sicherheitsfachelfe veranlasste, in Abstimmung mit der Frau des Weihnachtsmannes, dass die Kekse nur mehr unmittelbar vor der Abfahrt des Schlittens dem Weihnachtsmann mitgegeben werden dürfen. Sie empfahl ihm auch ein Bewegungsprogramm zur Gewichtsreduktion.

Bei diesen Worten verzieht der Weihnachtsmann sein Gesicht. Gespannt folgt der Hase den Ausführungen. So kam es, wie es kommen musste: Der Weihnachtsmann suchte gestern das Versteck der weltbesten Ho-ho-ho-Bauchkitzelkekse. Als er schon überall nachgesehen hatte und schon aufgeben wollte, dachte er daran, dass seine kluge Frau sich in Sicherheit wiegen könnte, wenn sie die Kekse im obersten Küchenschrank, hinter den kalorienreduzierten Müsliprodukten verstecken würde. Also nahm er den Küchenstuhl, stieg darauf und schob die Packungen hin und her. Da stand eine Dose, wie vermutet, hinter den Packungen. Er freute sich darüber, dass er klüger als seine Frau war. Rasch waren die *Igitt-Müsli-Packungen* ausgeräumt.

An dieser Stelle verzieht der Weihnachtsmann erneut angewidert sein Gesicht und erzählt weiter. Obwohl er groß ist und auf seinen Zehenspitzen stand, konnte er die Dose knapp nicht erreichen. Er hatte keine Geduld, um eine Leiter zu holen. Daher stieg er kurzentschlossen auf die Armlehnen des Stuhles und schon war das Malheur passiert. Rücklings stürzte er zu Boden und als sein linkes Bein aufschlug, hörte er ein verdächtiges Knacken. Mit „Dann war es passiert. Ich musste meine Frau rufen und 236 Wichtel brachten mich in die Krankenstation, wo nach dem Röntgen mein Bein eingegipst wurde", endet die Gipsbein-Story. „Gut und schön", meint der Hase dazu, „doch das erklärt nicht, warum ich Ihre Arbeit morgen übernehmen soll."

„Herr Kollege", samtig brummend, mit einem Blick, der bis in die Seele schaut, antwortet der Weihnachtsmann, „wie soll ich mit einem Gipsbein den Schlitten steuern, auf Dächern herumklettern und durch Kamine rut-

schen? Daher haben wir gestern noch in einer Sondersitzung des Weih-
nachtskomitees die Ersatzfrage thematisiert. Dabei machte das Christkind
den Vorschlag, dass Sie der geeignetste Kandidat wären. Und unter uns
gesagt, auch für mich waren Sie mein Favorit."

„Weihnachtskomitee, Christkind, Ho-ho-ho-Bauchkitzelkekse ..." Jetzt ist sich der Wunschkandidat für den Ersatzweihnachtsmann sicher, dass es sich hier nur um eine Folge von *Versteckte Kamera* handeln kann. Fast wäre er darauf reingefallen. Er stellt sich vor, dass er durch einen Kamin rutschen soll und beginnt schallend zu lachen. Dabei flattern seine Ohren auf und ab, gerade so, als wolle er abheben. „Urkomisch! Und was ihr euch alles habt einfallen lassen, nur um mich blöd schauend in die Sendung zu bekommen", bringt der noch immer lachende Osterhase hervor. Dabei schaut er sich suchend um, wo die Kameras versteckt sein könnten. „Mannomann, die Kameras habt ihr echt gut versteckt", stellt der Hase fest.

Abrupt endet sein Lachen, als er in das fassungslose Gesicht des Weihnachtsmannes und seiner Gattin schaut. „Welche Kameras? Welche Sendung?", fragt die Frau des Weihnachtsmannes. „Es ist keine Zeit für Witze", sagt der Weihnachtsmann. „Um eine absolute Katastrophe noch verhindern zu können, müssen wir rasch handeln. Sie haben jetzt schon zu wenig Zeit für die notwendigen Unterweisungen und um die entsprechenden Sicherheitsdatenblätter zu studieren."

„Halt! Stopp! Das kann nicht Ihr Ernst sein! Ich werde niemals Ihr Ersatz sein können! Da muss es eine andere Lösung geben! Was ist mit dem Nikolaus oder dem Christkind oder dem Oberwichtel?", faucht der Hase, während Panik in ihm aufsteigt. „Die sind besser für diesen Job geeignet!", stammelt er. Dieses Mal antwortet der Weihnachtsmann energischer: „Herr Kollege, glauben Sie mir, wir haben unsere Hausaufgaben gemacht. Herr Nikolaus ist noch zu erschöpft. Er meinte, dass in diesem

Jahr seine Arbeit besonders anstrengend war, da er manche nur mit FFP2-Maske besuchen konnte. Was ihm, als starkem Raucher natürlich zusätzlich die Atmung erschwerte. Außerdem waren die Kinder unzufriedener, belächelten seine Ermahnungen, sich besser zu verhalten und mehr an die Mitmenschen zu denken. Er sprach sogar davon, dass er in einen Burnout käme, wenn sich nicht bald etwas ändern würde. Aber auch wenn er sich bereit erklärt hätte, würde er gegen das Himmlische-Verschnaufpause-Gesetz verstoßen."

„Und das Christkind?"

„Im Ernst, Herr Kollege? Das hat doch wahrlich selbst an diesem Tag genug zu tun! Ein so zartes Wesen, dass immerhin schon zwei Milliarden Menschen mit Geschenken versorgen muss. Dem kann man nicht noch zusätzlich fünf Milliarden aufhalsen. Dieses Pensum ist unrealistisch, nicht zu schaffen und keine Option! Denken Sie bloß an die Probleme, die wir mit den Sicherheitsengeln bekommen würden. Nein, nein! Herr Osterhase, Sie sind die geeignetste Person! Nur Sie können es schaffen! Bitte lassen Sie uns nicht im Stich."

Die Augen des Hasen weiten sich abnormal, während er versteinert dasteht und den Ausführungen des Weihnachtsmannes folgt. Seine Kehle fühlt sich an, als würde sie jemand zudrücken und er bekommt immer weniger Luft. Sein Gesicht läuft schon blau an, als ihn die Frau des Weihnachtsmannes auffordert: „Herr Osterhase, setzen Sie sich! Tief durchatmen! Trinken Sie einen Schluck!" Ehe er zur Besinnung kommt, packen ihn zwei Sanitätselfen, setzen ihn in den Stuhl und reichen ihm ein Glas Wasser.

Noch bevor der schockierte Hase einen klaren Gedanken fassen oder sich bewegen kann, fordert ihn eine Elfe auf, den Mund zu öffnen. Was er im Schock auch tut. Schon spürt er den kühlen Löffel mit einer süßlichen Flüssigkeit in seinem Mund. „Die Notfalltropfen werden Ihnen guttun. Trinken Sie viel Wasser dazu!"

Der Hase weiß nicht mehr, wie ihm geschieht. Dann erwachen langsam seine Sinne wieder und er spürt, wie durch den Trank das *Leben* in seine Gliedmaßen zurückkehrt. Noch unfähig, einen klaren Gedanken fassen zu können, jedoch getrieben von seinem Überlebenstrieb, springt der Hase blitzschnell auf und sprintet in Richtung Lifttür. Dabei kippt das Tischchen mit den Keksen und dem Wasserglas um. Die vor ihm stehenden Rettungselfen werden durch sein Anrempeln so überrascht, dass sie ihr Gleichgewicht verlieren. Eine landet auf ihrem Hintern und die andere auf dem Schoß des Weihnachtsmannes. Der Überlebenssprint wird nur durch eine Schar von Elfen und Weihnachtswichteln gestoppt, die mit aufgerissenen Augen im Fluchtweg des Hasen, also vor der Lifttür, stehen. Reaktionsschnell checkt der Hase seine Fluchtoptionen. Kein anderer Ausgang, keine Stiege, kein Fenster, … sein Blick irrt umher, als er durch ein Zupfen am rechten Hinterbein aus seiner Fluchtaktion gerissen wird.

Er blickt irritiert nach unten und sieht einen sehr jungen Wichtel mit einer großen Brille auf der Nase. Der jüngste IT-Wichtel ist – wie sollte es auch sonst in seiner Profession sein – der Reaktionsschnellste und durchbricht die, durch die schockierten Anwesenden, entstandene Stille mit: „Ich verstehe Ihre Bedenken, Herr Hase. Wir alle sind uns auch bewusst, was wir von Ihnen erwarten, vor welch außergewöhnliche Herausforderung wir Sie stellen und welchen Aufwand Ihnen unser Anliegen abverlangt." Und flehend setzt er hinzu: „Bitte versuchen Sie, uns zu helfen."

Der Hase wendet seinen Blick vom kleinen Wichtel zu den vielen Weihnachtsgehilfen. Sie starren ihn mit großen traurigen und tränengefüllten Augen an. „Meister Lampe, ich möchte Ihnen etwas zeigen. Danach können Sie immer noch *NEIN* sagen", sagt das kleine, am Fell des Hasen zupfende Wesen. Nachdem die Fluchtoptionen bescheiden aussehen, versucht der Hase, sich an das Seminar *Wie bewältige ich außergewöhnliche Situationen* zu erinnern. Wäre diese Fortbildung nicht verpflichtend für die Verlängerung seiner Registrierung als Geschenkzusteller gewesen, hätte er sie nie besucht. Denn seine Erfahrung hatte ihn gelehrt, dass er immer einen Fluchtweg findet.

Nun versucht er sich an eine Trainingseinheit *Finde alternative Auswege aus der Notsituation* zu erinnern. Angestrengt denkt er nach: „Was sagte der Trainer? Ach ja, Totstellen."

Diesen Lösungsansatz verwirft er gleich, denn den kann er nicht anwenden. Alle Anwesenden hatten ihn ja schon lebendig gesehen. Plötzlich erscheint vor seinem geistigen Auge das Wort *Verhandeln.* „Das ist die Lösung! Da war doch was mit *gegenseitige Argumente anhören … jeder macht einen Vorschlag … gemeinsam eine, für beide Seiten befriedigende, Lösung finden …"* Nein, er will doch nicht verhandeln! Er will es überhaupt nicht und so stößt er ein so lautes „NEIN!" aus, dass alle ringsum zusammenzucken.

Als der Hase die nun verschreckten Zuhörer und die weinenden Elfen sieht, bekommt er ein schlechtes Gewissen und bedauert sein Verhalten. Schon spürt er, dass er selbst gleich mitheulen wird.

Er räuspert sich und sagt versöhnlich zum, nun nicht mehr zupfenden, Wichtel: „Okay, ich schau mir an, was Sie mir zeigen möchten." Ein erleichtertes „Ahh" erklingt im Chor.

Tränen versiegen und die sich breit machende Hoffnung klingt in den Löffeln des Hasen, als würden hunderte Glöcklein leise helltönend läuten. Wie bereits seit dem Wecken, bleibt ihm auch jetzt zu wenig Zeit, um dem noch nie Gehörten seine volle Aufmerksamkeit zu schenken. Der Wichtel-ITler platziert sich nach einem Sprung auf seinen Arbeitsplatz und tippt in einer Geschwindigkeit auf der Tastatur, dass der Hase mit seinen sonst so wachen Augen dem Tippen nicht folgen kann. Ohne Zweifel ein Profi, denn er selbst beherrscht, trotz ebenfalls verpflichtender Weiterbildung, nur das Zweifinger-Adlersuchsystem. „Ich habe ein Programm entwickelt. Einen, sagen wir vereinfacht, Weihnachtssimulator. Er kann in Sekundenschnelle die Auswirkungen von Aktion und Reaktion vorausblickend darstellen. Sehen Sie", erläutert er auffordernd, während er mit einer Hand tippt und mit der anderen auf die riesige Videowall zeigt.

Alle zollen dem kleinen Computergenie die volle Aufmerksamkeit und drehen sich zum überdimensionalen Bildschirm. Es sind tausende kleine Bilder von Kindern zu sehen. Jedes Kind schreibt Weihnachtswunschzettel und die Augen leuchten beim Gedanken, dass der Wunsch in Erfüllung geht. Ein hörbares *Klick* zeigt neue Bilder derselben Kinder. Jubelnd und lachend sind sie beim Geschenkeauspacken zu sehen oder vor Freude hüpfend, da ihr Wunsch Wirklichkeit geworden ist. Die Wichtel und Elfen beginnen zu jubeln und freuen sich über ihre Erfolgsaussichten. Die Freude ist so ansteckend, dass auch der Hase sich wohl fühlt und bedauert, dass er nicht die Möglichkeit hat, seinen Hühnern zu zeigen, welche Freude sie den Beschenkten bereiten. Vielleicht würde dann dieses Gegacker, dieser Wettkampf endlich aufhören und einer Gute-Laune-Stimmung weichen.

Ein erneutes *Klick* folgt und mit trauriger Stimme sagt der kleine ITler: „Und so wird es aussehen, wenn Sie uns nicht helfen." Die fröhlichen Bilder verwandeln sich in eine Tragödie. Nur weinende Kinder, enttäuschte Erwachsene, streitende Erdenbewohner … ein Bild des Schreckens macht sich auf der Videowall breit. Ein *Klick* kündigt eine weitere Änderung an. Ein Bild wird größer. Zu sehen ist ein kleines Mädchen, das mit Mund-Nasen-Maske auf dem Bett eines ebenfalls kleinen, kahlköpfigen Mädchens sitzt. Die Tränen kullern über ihre Wangen. Das Mädchen schluchzt: „Es tut mir so leid. Ich will dir doch dein Weihnachtsfest so schön wie möglich machen. Ein Album mit unseren vielen gemeinsamen Unternehmungen und wunderschönen Weihnachtsfesten ist mein einziger Wunsch vom Weihnachtsmaaa…". Mehr bringt sie nicht heraus. Herzzerreißend weint sie los. Und alle Augen sind auf den Hasen gerichtet.

„Was wollt ihr von mir?", grummelt der Hase. Das Computer-Wichtel-Genie schaut dem Hasen tief in die Augen und sagt: „Das!", bevor er mit seinem Finger ein erneutes *Klick* ertönen lässt. Wieder sind die beiden Mädchen zu sehen. Jedoch ist diesmal das Krankenzimmer mit lustigen Weihnachtsdekorationen geschmückt. Keine Spur von Traurigkeit. Nein! Sie sitzen zwar noch immer in einem Krankenhausbett, aber sie strahlen vor Freude und blättern gemeinsam ein dickes Album durch. Bei jedem Foto, das sie besonders lustig finden, umarmen sie sich. Wenn sie zu einem Weihnachtsbild kommen, beginnt die Gesunde, ihr gemeinsam getextetes Weihnachtslied zu singen. Und obwohl die Erkrankte sichtlich kaum noch Kraft hat, strahlt sie vor Freude und versucht mitzusingen, bis ihre Augen zufallen und sie mit einem Lächeln im Gesicht zufrieden einschläft. Ein *Klick* lässt das Bild einfrieren. Dann herrscht Stille. Es dauert einige Sekunden, in denen sich keiner bewegt oder sich traut, laut zu atmen. Plötzlich richten sich alle Blicke auf den Hasen.

Mit einem flehenden „Bitteeee!" rücken alle dem Hasen näher, bis er vollkommen umringt ist. Mit sehnsüchtigen, auf eine positive Antwort hoffenden Blicken warten sie gespannt. Erneut, Stille. Man würde das Landen einer Feder hören können. Er weiß, er hat keine andere Wahl mehr. Der Hase gibt nach. Er ist nun auch selbst überzeugt, helfen zu müssen und sagt: „Ich mache es!"

Den Rest „… unter der Voraussetzung, dass…" hört schon niemand mehr, denn es bricht ein Jubelgeschrei aus. Die Frau vom Weihnachtsmann umarmt den Hasen vor Freude so sehr, dass der Hase befürchtet, dass sie ihm sämtliche Knochen bricht und er dann nicht mehr würde helfen können. Alle jubeln, lachen, hüpfen und reden gleichzeitig. Es wird immer lauter, bis durch das alles übertönende, tiefe „Danke" vom Weihnachtsmann die Jubelrufe verebben und plötzlich Ruhe einkehrt. Mit einem gemeinsamen „Danke" entfernen sich die Wichtel und Elfen hastig aus der Kommandozentrale, denn sie müssen dringend die verlorene Arbeitszeit aufholen. Bis morgen müssen noch viele Geschenke produziert werden.

„So! Und wie geht es jetzt weiter?", fragt der Hase zaghaft. Der sonst so ängstliche Hase fühlt sich überraschend gelassen. „Das können nur die Tropfen sein", ist er sich sicher. Diese Rezeptur muss er unbedingt bekommen, bevor er wieder nach Hause fährt, denn das nächste Osterfest kommt bestimmt.

Kaum haben sich die letzten Wichtel und Elfen mit dem Lift zu ihren Arbeitsplätzen aufgemacht, kündigt ein bekanntes Klingeln wieder die Ankunft des Liftes an. Die Tür öffnet sich und heraus schwärmt eine neue Schar aufgeregt diskutierender Wichtel und Elfen. Allen voran ein etwas zu groß geratener Wichtel mit ernster Miene. Der steuert gleich auf den Weihnachtsmann zu mit einem: „Bei allem Respekt, das kann nicht Ihr Ernst sein. Wie sollen wir das schaffen? Aus diesem Hampelmann einen Ersatz für Sie zu machen? Und das alles in weniger als vierundzwanzig Stunden?" Der Weihnachtsmann schaut in die vielen fragenden Augen, die ihn fixieren. Im tiefen Inneren zweifelt er selbst, dass das möglich ist. Doch er wäre nicht der Weihnachtsmann, wenn er sich nicht schon darüber Gedanken gemacht hätte, wie er seinen Gefolgsleuten diese Frage beantworten würde. „Mein lieber Herr Böck und meine lieben Gehilfen, wir handhaben es genauso, wie wir alle Notsituationen meistern. Wir improvisieren und helfen uns gegenseitig!", gibt er sich voll motiviert. Sogleich folgen klare Anweisungen.

„Zuerst muss dem Hasen ein passendes Outfit genäht werden. Da vertraue ich Ihrer Kreativität, Schneidermeister-Wichtel Böck. Meine Frau soll Ihnen einen meiner alten Anzüge geben. Sie haben freie Hand. Es soll stattlich aussehen und vielleicht schaffen Sie es, die Taille etwas fülliger zu bekommen." Konsterniert wendet der Schneider, mit Stecknadeln am Revers und einem umgehängten Maßband, seinen Blick in Richtung des Hasen, als schon die nächsten Aufträge folgen.

„Zweitens: Auf dem Weg zum Fahrtraining soll der Hase bei Stallmeister-Wichtel Rene Keeper kurz haltmachen, um Dasher, Dancer, Prancer, Vixen, Comet, Cupid, Donner, Blixen und natürlich Rudolph kennenzulernen. Sie werden sich sicher auf Anhieb gut verstehen.

Drittens: Liebe Frau Fast-Curvy, Sie müssen bitte dem Hasen in einem Crash-Kurs das Weihnachtsschlittenfliegen beibringen. Für alle, eventuell während dem Einsatz auftretenden mechanischen Probleme verstärken wir das *WSM-B-Team* (Weihnachtsschlittenmechaniker-Bereitschaftsteam).

Die Fahrstunden sind, nach dem Outfit, das Zeitaufwendigste. Aber für meinen guten Ruf ist das Verhalten meines Ersatzmannes für mich von größter Bedeutung.

Daher viertens: bitte ich Sie, I-Move, den choreographischen Teil im Anschluss zu machen. Ich möchte eine einwandfreie Darbietung vom Aussteigen aus dem Schlitten nach der Landung auf dem Dach, ein sicheres Balancieren auf dem First und ein lautloses Kaminrutschen. Des Weiteren muss ihm beigebracht werden, wo und wie man Geschenke platziert, brennenden Kerzen nicht zu nahekommt sowie zu wissen, was ein richtiges Maß an Milch- und Kekskonsum ist etc. Selbstverständlich verraten Sie ihm auch das Geheimnis, wie man durch den Kamin wieder nach oben kommt. Er wird darüber hinaus von Ihnen auch ein paar Tricks benötigen, was er machen kann, wenn es keinen Kamin gibt.

Fünftens: Zum Schluss, jedoch nicht weniger wichtig, lieber Wichtel Elo Quent, bringen Sie ihm das richtige Vokabular und eine angepasste Ausdrucksweise bei. Sie wissen, dass ich auf ein tiefes, einnehmendes *Ho ho ho* Wert lege. Den Text zum Starten des Schlittens können Sie ihm mitgeben. Den kann er zwischendurch lernen. So! Nun macht euch auf! Denn es gibt nicht viel Zeit fürs Üben und die Anproben. Und als Zeremonienmeister habe ich Sie, liebe Oberelfe Ritual, auserkoren, um die Abläufe zu koordinieren. Sie müssen auch mit unserem Retter das administrative Zeug wie die Unterweisung in Sicherheitsdatenblätter, Brandschutz, Risikomanagement etc. erledigen. Und bitte vergessen Sie unter keinen Umständen, die Datenschutzerklärung zu erläutern und unterschreiben zu lassen."

Alle Anwesenden, einschließlich des Osterhasen, starren auf den Weihnachtsmann, als der kurze, stille Moment durch ein bestimmendes „Bitte walten Sie Ihres Amtes!" des Weihnachtsmannes die Schockstarre auflöst.

Mit einem lauten Klingeln aus den Glöckchen am Ende der Ritualelfenflügel kommt Bewegung in die Menge. Alle stürmen zum Lift. Und ehe der Hase sich wehren kann, wird er vom Schneidermeister-Wichtel, der ihn fest am Arm hält, mitgeschleift und steht mit den aufgebrachten und durcheinanderredenden Wichteln und Elfen im Lift. Erst ein erneutes Klingeln der Ritualelfenflügel und die mahnenden Worte „Ich ersuche um professionelles Verhalten!" gebieten dem „Wie soll ich das schaffen?", „Ich brauche mehr Zeit!", „Das geht sich nicht aus!", „Der Ablauf muss geändert werden, denn für das Erlernen meiner Choreographie braucht er mehr Zeit!", „Wie soll ich aus diesem Mezzosopran-Grunzen ein Bass-Ho-ho-ho machen?"... Einhalt.

Alle starren nach oben. „Ruhe bewahren! Wir halten uns an die Einteilung des Bosses! Somit haben wir eine grobe Zeiteinteilung. Ich teile euch per V.I.P.-Snapchat die aktuelle Position des Herrn Osterhasen mit. Mit dem *Annäherungsassistenzdienst*, den ich auf fünf Minuten einstelle, bekommt derjenige von euch die Information, den wir als nächstes aufsuchen werden. Somit kann der sich entsprechend vorbereiten und wir verlieren keine Zeit. Bei Fragen und Unklarheiten, wie er was schaffen und/oder organisieren kann, empfehle ich die Nutzung von sämtlichen *Weihnachtshilfe-Tools*. Die Notfall-Teams der IT- und Mechanikerabteilung haben noch ein wenig Personalressourcen für uns und können kurzfristige Assistenzdienste leisten. Gibt es noch Fragen?"

Für ein Antworten bleibt keine Zeit. Der Lift öffnet sich und die Oberelfe Ritual fliegt in die Richtung der Wichtelschneiderei. Der noch immer den Hasen hinter sich herziehende Schneidermeister-Wichtel Böck hat zu tun, um der Elfe zu folgen.

Währenddessen kehrt nach dem Schließen der Lifttür wieder Ruhe in der Kommandozentrale ein. Erschöpft, aber erleichtert, lehnt sich der Weihnachtsmann in seinen Sessel zurück. „Was meinst du mein Schatz, schaffen wir es, das Weihnachtsfest zu retten?", fragt er seine Frau, während er vom, inzwischen ausgekühlten, Kakao einen großen Schluck nimmt. Seine Frau strahlt ihn an, küsst ihn und sagt: „Wir schaffen alles, wenn wir alle zusammenhalten. Aber jetzt muss ich schnell deinen alten Anzug in die Schneiderei schicken und danach in die Küche eilen, um neue Bauchkitzelkekse zu backen, denn Herr Hase bevorzugt Karottengeschmack." Sie zwinkert ihrem Mann zum Abschied zu und macht sich auf den Weg zu ihren Haushaltselfen.

„Was würde ich ohne sie machen", sinniert der Weihnachtsmann. „Sie denkt doch an alles." Und während er zufrieden dem Treiben in der Zentrale und der Halle folgt, hofft er, dass er niemals seine heißgeliebten Bauchkitzelkekse mit Karottengeschmack serviert bekommt.

Inzwischen ist der Hase in der Schneiderei angekommen. Abermals hat er das Gefühl, in eine andere Welt einzutauchen.
Überwältigt bleibt er stehen und bestaunt die Räumlichkeit. Besser gesagt, die riesige Halle. In die Höhe ragen Regale, Schubladensysteme und Stoffballenhalterungssysteme und in der Mitte befindet sich wieder die Produktionsstätte mit den Schneidertischen und Nähmaschinen. Besonders angetan ist er von der Seite mit den Stoffen. Ihm war bis jetzt nicht bewusst, wie viele unterschiedliche Materialien, Farben und Muster es gibt. Ein außergewöhnliches Bild, das sich nach einigen Sekunden stets ändert, zeigt sich ihm. Die Ballen sind auf zig nebeneinanderstehenden vertikalen Umlaufregalen montiert und so bewegen sich die Stoffe permanent auf und ab. Auf der Seite mit den Schubladen fasziniert ihn das Flugmuster der Elfen, die Zubehör aus den Laden holen. Ihre Flugbahnen kreuzen sich ständig und trotzdem gibt es keine Zusammenstöße. Ob dahinter ein ausgeklügelter Flugstreckenplan steckt? Er schüttelt den Kopf,

denn er hätte sich alles, was er seit dem Munterwerden erlebt hat, nicht in seinen Träumen vorstellen können.

Der Schneidermeister-Wichtel kreuzt, mit seinen steif wirkenden Bewegungen, sein Blickfeld. Er klatscht in die Hände und ruft laut in die Halle: „Code Santaemergency". Für eine Sekunde ist das Bild eingefroren und nur die leise Weihnachtsmusik ist zu hören. Doch plötzlich bewegt sich alles noch schneller als zuvor und vier Wichtel und sechs Elfen stehen vor ihrem Chef, bereit Anweisungen zu empfangen. „Sendung eingetroffen?", erkundigt er sich bei seinen Gehilfen. „Der Expresself Fedex hat es vorhin gebracht. Wir haben aber ein Problem!", sagt einer, der aus der Reihe vorgetreten ist und ihm das Kostüm hinhält. Herr Böck zieht eine Augenbraue hoch und begutachtet das ihm Gezeigte. Jetzt sieht auch der Osterhase, worauf hingewiesen wird. Das Kostüm ist an einigen Stellen verschlissen und man sieht auch ein kleines Loch. Fragend schaut der Schneidermeister-Wichtel einen der Wichtel an, der auch prompt eine Antwort parat hat: „Kein Problem!", sagt der Wichtel mit dem Namensschild Idea Failed und klein darunter Chef-Creator, mit dem Kopf zum Hasen deutend. „Der ist so klein, das schneiden wir alles weg. Dann bleibt noch genug Stoff übrig." Ein erleichtertes Ausatmen ist von der Elfe Ritual zu hören. Wohingegen dem Hasen ein enttäuschtes Stöhnen entweicht, der schon die Hoffnung gehegt hat, dass die gesamte Aktion vielleicht gleich zu Beginn ins Wasser fallen könnte. Und mit einem *Zickedizack*-Kommandoruf von Schneidermeister-Wichtel Böck geht es los.

Schon ist der Hase umringt von Wichteln und Elfen, die an ihm zerren, ziehen, Maße nehmen, sein Fell inspizieren und dem Hasen abwechselnd ein „Au!", „Nicht so fest!", „Vorsicht, ich bin kitzelig!" und ein „Aufhören! Ich habe weder ein Loch im Fell noch Motten!", entlocken. „Jetzt nicht so empfindlich sein. Wir haben keine Zeit, auf all Ihre Befindlichkeiten einzugehen!", ermahnt die Zeremonienmeisterin.

Zeitgleich arbeiten am nächstgelegenen Zuschneidetisch Meister Böck und Idea Failed mit zusammengesteckten Köpfen, während eine Elfe bei jedem Flug Kreide, Schere, Nadeln und unterschiedliche Knopfmuster liefert.

„Wie lange?", fragt die Elfe Ritual in die Runde, als sich alle vom Hasen entfernen. Ohne hochzusehen und mehr als Befehl zu verstehen, äußert sich der Chef persönlich mit „Erste Anprobe in vier Stunden!"

Woraufhin sich die Elfe Ritual dem Hasen nähert und ihn am linken Vorderbein in Richtung Ausgang zieht. „Wie ich das Ziehen hasse", denkt sich der Osterhase. Doch er weiß, was als nächstes auf dem Programm steht. Darauf freut er sich nämlich am meisten. Er darf Dasher, Dancer, Prancer, Vixen, Comet, Cupid, Donner, Blixen und natürlich Rudolph kennenlernen. Es dauert auch nicht lange. Rein in den Lift – runter – raus – zweimal rechts abbiegen und durch eine kleine Tür mit dem Schild *Skyrunners* und schon stehen die beiden vor einem großen Freigehege und werden von achtzehn großen Augen angestarrt. Der Stallmeister-Wichtel Rene Keeper, groß und muskulös, kommt auf sie zu und begrüßt den außergewöhnlichen Gast mit „Griasdi" und einem festen Händedruck. Nach dem Loslassen kontrolliert der Hase schnell, ob seine Pfote unversehrt ist und haucht ein schmerzunterdrückendes „Ha-ha-hallo" aus. Der Stallmeister bietet ihm das Du an und schiebt „I bin der Rene" nach. Einem Schulterklopfen kann der Hase noch ausweichen und er erwidert: „Rammel, Hoppel. Meine Freunde sagen Hopsi zu mir."

Zufrieden schaut ihn Rene an, deutet auf seine Schützlinge und lädt Hopsi ein, näherzutreten. Schon kommen Dasher, Comet und Cupid auf sie zu. Die restlichen Schlittenzieher folgen. Alle schnuppern am Hasen und es dauert nicht lange, bis sie wirr durcheinander Fragen stellen, antworten und lachen. Ritual schüttelt den Kopf und Rene hält sich vor Lachen den Bauch. „Dei versteh'n si tierisch guad", bringt er zwischen seinen Lachsalven hervor, da gerade Vixen hasenhüpfende Bewegungen imitiert. Der Osterhase macht die stolze Bewegung von Rudolph nach und hält beim Stolzieren seine Nase Richtung Himmel. Da kann sich auch die doch so gestrenge Ritual nicht mehr zurückhalten und lacht mit allen anderen mit. Wie ausgelassen der Hase doch sein kann, denkt die Zeremonienmeisterin, denn bis jetzt kennt sie nur seine ängstliche Ausstrahlung und verkrampfte Körperhaltung. Wie sehr hätte sie ihm noch mehr Zeit mit Rene und den Rentieren gegönnt. Aber leider muss sie ihren Auftrag erfüllen und klickt auf ihr dickes Armband, um ihre nächste Anlaufstelle über ihr baldiges Kommen zu informieren. „Herr Hase, wir müssen weiter!", stört sie die ausgelassene Runde. Die Rentiere verabschieden sich mit aufmunternden Worten und freuen sich schon auf das nächste Treffen. Mit einem „Pfirdi" verabschiedet sich Rene und klopft dem Hasen auf die Schulter. Dieser Klopfer hebt das Leichtgewicht, welches der Hase ist, vom Boden ab und er landet einige Meter weiter, kurz vor einer Tür, auf der *Remise* steht.

Kaum das Gleichgewicht erlangt, zupft seine Begleiterin schon wieder an seinem Vorderbein. Diesmal am rechten. Diese Zupferei geht ihm wirklich auf den Nerv. Doch noch bevor er ihr mitteilen kann, dass sie mit dem Zupfen aufhören soll, öffnet sich schwungvoll die Tür. Und da steht sie!

Fast-Curvy, eine Wichtelfrau mit *Sonderausstattung*, die alle Männerherzen höherschlagen lässt. Dem Langohr ist anzusehen, wie fasziniert er von ihr ist und nähert sich ihr mit einem schon fast unnatürlichen Grinsen im Gesicht, als würde ihn ein unsichtbares Band in ihren Blicken anziehen. „Hallo mein Süßer, ich bin Gina! Dir soll ich also alles beibringen, damit du Glücksmomente bescheren kannst", flötet ihm sein Blickfang mit einem Augenzwinkern zu.

Der angehende Fahrschüler wundert sich, dass er vorhin in der Zentrale so eine Wichtelfrau übersehen konnte. „Dann lass uns anfangen", gurrt der Wichtelvamp mit einem Wimpernaufschlag, der ihm jedes einzelne Haar seines Felles aufstellt. Der Hase muss erst schlucken, bevor er sich auf seine Beine konzentrieren kann, um ihnen zu befehlen, ihr zu folgen. „Auf ein Wort!", sagt Ritual zum Hasen, während sie ihn erneut, doch diesmal am Nacken, zieht. An Fast-Curvy gerichtet folgt nur ein kurzer Kommentar: „Wir kommen gleich rein." Ritual hofft, dass Fast-Curvy den Wink versteht, dass sie mit dem Hasen kurz allein sprechen möchte. Das tut sie. Mit einem Schmunzeln, da sie die von ihr ausgelösten Reaktionen beim anderen Geschlecht genießt, macht sie kehrt und zieht sich ins Innere der Garage zurück. Etwas lauter als beabsichtigt ermahnt Ritual den Hoppelmann, sich zusammenzureißen und an die Mission zu denken. Außerdem soll er nicht vergessen, dass er Frau und Kinder hat und durch sein Amt als Osterhase auch Verantwortung trägt und eine öffentliche Position bekleidet. Ihre Worte verfehlen ihre Wirkung nicht. Als hätte dem Hasen jemand einen Eimer mit eiskaltem Wasser über den Kopf geschüttet, schüttelt er sich und ist wieder ganz der Alte. Zufrieden begleitet die Zeremonienmeisterin ihn zurück in die Remise und ist fest entschlossen, ihn keine Sekunde allein mit dieser Sirene zu lassen.

Die Fahrlehrerin lehnt am Schlitten des Weihnachtsmannes. Süffisant lächelnd beginnt sie mit ihren professionellen Ausführungen zu den technischen Details.

Beim Klang ihrer Stimme kann sich der Hase nur schwer konzentrieren. Immer wieder ertappt er sich beim Abschweifen seiner Gedanken. Der mahnende Blick von Ritual holt ihn jedoch wieder in die Realität zurück, doch beides lenkt ihn vom Unterricht ab. Dazu kommt noch das schlechte Gewissen, denn so kennt er sich nicht. „Ach, was hat sie schnell noch mal gesagt", denkt sich der Hase und bittet Gina, die letzten Sätze nochmals zu wiederholen. Das kostet sie ein Schmunzeln und Ritual einen noch ernsteren Blick. Er selbst hätte am liebsten erwähnt, dass sie sicherheitshalber nochmals von vorn mit dem Unterricht beginnen solle.

„Warum habe ich mich darauf eingelassen?", sinniert der Hase. Gerade er, der alle Fortbewegungsmittel meidet und alle Entfernungen mit seinen vier Extremitäten meistert. Oje, schon wieder etwas verpasst. Er klopft sich auf die Brust, um sich zu sammeln und seinen Fokus auf die Mission zu lenken. Gerade noch rechtzeitig, denn die technischen Ausführungen enden und nun kommt der interessantere Teil. Er und Fast-Curvy setzen sich in den Schlitten. Ab diesem Moment, als er das Armaturenbrett sieht, hat er kein Problem mehr, den Ausführungen zu folgen. Fasziniert stellt er fest, dass es für fast alle Knöpfe, Schalter, Hebel und Regler eine dazugehörige Beschilderung gibt. Zum Beispiel gibt es einen Regler für die Fahrt im Nebel. Der andere muss bei Schneefall bedient werden. Für den Fall, dass er in einen Schneesturm geraten sollte, wäre noch ein Knopf zu drücken. Darüber ist ein Bild des Weihnachtsmannes zu sehen, dem ein Sturm fast seine Mütze vom Kopf weht sowie viele lustige, aber auch beängstigende Bilder, die die Bedienungselemente erklären.

Trotz der schnellen Erklärung der vielen Möglichkeiten ist sich der Hase sicher, dass er sich alles gemerkt hat. „Jetzt geht es von der Theorie zur Praxis", flötet die Lehrerin und Ritual erkennt schon wieder einen zweideutigen Unterton in ihrer Stimme. Während der Hase sich schon riesig auf eine Ausfahrt freut, besprechen die beiden anderen die Möglichkeit, dass Ritual sie begleiten könnte.

Der Schlitten hat allerdings nur eine Sitzfläche, die für das Gesäß des Weihnachtmannes oder für maximal zwei Normalpersonen Platz bietet und die große Ablagefläche. Obwohl die Fahrlehrerin Ritual versichert, dass es nicht notwendig sei, sie zu begleiten, lässt sie sich nicht von ihrem Vorhaben abbringen und nimmt kurzentschlossen auf der großen Ablagefläche Platz und tippt sogleich auf ihr Armband. Inzwischen kommt Rene, mit der Hand kurz an seine Kappe tippend, mit seinen Rentieren in die Halle und spannt sie flink vor den Schlitten.

Der Hase erkennt sofort, dass es sich um eine Ersatzmannschaft handelt. Sein enttäuschter Blick richtet sich von den Tieren in Richtung des Stallmeisters, der ihm knapp, aber freundlich mitteilt, dass sich die Erstbesetzung für ihren morgigen Einsatz schonen müsse. Noch bevor der Hase und seine Ausbilderin auf ihren Plätzen sitzen, kommen hastig ein paar Elfen angeflogen. Sie halten Gurte und Spanner in den unterschiedlichen Größen in ihren Händen. Eine von ihnen dürfte die Mobilitätssicherheitsbeauftragte sein, denn sie gibt Anweisungen, mit welchen Gurten der Weihnachtsmannersatz mit größter Wahrscheinlichkeit einen sicheren Halt haben würde.

So dauert es nicht lange, bis Ritual mit „Es kann losgehen." der Ausbilderin verständlich macht, dass sie dabei ist und sie starten können.

Was dann geschieht, geht dem aufgeregten Langohr fast zu schnell. Die ihm hingehaltenen fünf Zettel muss er unterschreiben und gleichzeitig öffnet sich wie von Zauberhand das große Garagentor.

Fast-Curvy zieht ein Mikrofon, welches unter einer Abdeckklappe, die ihm bis dahin sicher noch nicht erklärt wurde, heraus und ihre flötende Stimme erklingt über zwei Boxen, die links und rechts neben den Fernlichtern montiert sind, als würde der Weihnachtsmann seine Anweisungen geben.

Perplex versucht der Hase die Abläufe zu verfolgen, doch bevor er alles so richtig deuten kann, hebt der Schlitten vom Boden ab und mit einem Schnalzen ihrer Zunge setzen sich die Tiere in Bewegung.

Hui! Ab geht's. Nach ein paar Sekunden sind sie noch kurz umgeben von Wolken, aber es dauert nicht lange und sie durchbrechen die Wolkenschicht. Unter ihnen die Wolkendecke und oben ein blauer Himmel mit einer hellgelben Sonne, deren Strahlen den Hasen wärmen. Ihm wird jetzt wieder bewusst, dass er ohne warme Kleidung angekommen ist und von den sonst an alles denkenden Elfen und Wichteln bislang keine angeboten bekommen hat. Umso mehr genießt er die warmen Sonnenstrahlen.

Als könnte sie seine Gedanken lesen, drückt die Fahrlehrerin auf einen Knopf mit Sitzheizungsbild, dann auf einen mit Fußheizung und schließlich haucht sie seitlich in sein Hasenohr: „Es kann kalt werden, vor allem, wenn wir wieder unter die Wolkendecke fliegen." So könnte die Fahrt ewig dauern, wünscht sich der Hase und kuschelt sich in seinen warmen Sitz. „Learning by doing!", fordert die Ausbilderin den Anfänger auf. Das geht dem Hasen dann doch etwas zu schnell. Mit beruhigenden Worten wird er von seiner Lehrerin angeleitet. Sie beantwortet all seine Fragen, auch die bezüglich des Startens und so verfliegt seine Angst.

Gerade als er sich an das Dahinfliegen in dieser stillen Umgebung gewöhnt hat, kommen die Anweisungen: „Jetzt geht's runter! Festhalten!

Höhenregler auf Senken stellen! Sobald wir unter die Wolkendecke kommen, sofort auf Unsichtbarkeitsmodus gehen!"

„Ups – ein bisschen mehr Gefühl beim Senken des Hebels", fordert die Lehrerin, als sich der Schlitten zu sehr nach vorn neigt, sodass sie beide fast einen Purzelbaum vorwärts gemacht hätten. Gut, dass sie sich angeschnallt haben.

Dieses Gefährt zu lenken ist nicht leicht, stellt der Hase fest. Nach seinem Gefühl ist er schon behutsam genug beim Rauf-runter-drücken und trotzdem ruckelt es. So geht es eine Zeit lang in wellenförmigem Fahrstil dahin. Eines der Rentiere in der letzten Reihe hat von dem Auf und Ab anscheinend auch schon genug, da es einen vorwurfsvollen Blick in Richtung des Schlittenbocksitzers wirft.

Auch Gina reicht es, denn sie greift nach der Pfote des Hasen und hilft ihm, ein Gefühl für das Regeln zu bekommen. Und schon wird es ruhiger. Doch schon wieder bekommt der Hase ein seltsames Gefühl durch die Berührung. Als könnte Ritual wieder seine Gedanken lesen, räuspert sie sich kurz und Gina zieht rasch ihre Hand zurück. Sofort bekommt der Hase erneut ein schlechtes Gewissen und ermahnt sich selbst, sich auf den Unterricht zu konzentrieren.

Bevor sie umkehren, üben sie noch ein paar seitliche Ausweichmanöver. Er vermutet eine kleine Boshaftigkeit in Ginas Manöverforderungen, denn die Elfe auf der Ladefläche macht einen *Gurtbelastungstest.* „Jetzt Sinkflug! Wir fliegen durch die Wolkendecke!", lautet der Befehl der Fluglehrerin. Die Spannung steigt, da die ersten Rentiere bereits von Wolken umhüllt sind und einen Wimpernschlag später befinden sie sich bereits in der dichtesten Wolkenschicht.

Der Fahrschüler kann nichts sehen und seine Knie zeigen schon wieder ihre übliche Reaktion auf seine Angst. Gina gibt ihm weitere Anweisungen. Einmal umfliegen sie einen plötzlich auftauchenden Vogelschwarm, den er fast übersehen hat. Und dann fliegen sie in ein Luftloch. Von sich selbst überrascht, drückt er die richtige Taste. Das beschert ihm sein erstes Lob. Er ist richtig stolz auf sich. Jedoch nicht lange, denn er vergisst kurz vor dem Durchbrechen der Wolkenschicht, den Unsichtbarkeitsknopf zu drücken. Fast-Curvy greift ihm dazwischen, denn er kann sich vor Schreck nicht bewegen. Aber es dauert nicht lange und alle Aufregung hat sich gelegt. Für seinen ersten Dachlandeversuch wird ein Haus in einer Einöde ausgesucht, nur für den Fall, dass sie mit dem Schlitten abrutschen oder in den Schornstein fahren. Seine erste Landung gelingt ihm allerdings überraschend gut. Auch das Abheben macht keine Probleme. Wieder gibt es Lob.

So meistert er einige Landungen und Abflüge nacheinander mit Bravour. „Du bist ein Naturtalent!", lobt die Ausbilderin ihren Schüler. Es folgen geschätzte einhundert Lande- und Startmanöver auf den unterschiedlichsten Dachformen und in verschiedenen Bebauungsdichten. Sie landen auch mitten in einer Großstadt auf einem Hochhaus.

Plötzlich beginnt die Uhr am Armaturenbrett zu blinken, und die Lehrerin befiehlt dem Hasen umzukehren. Sie kommen in die Wolkendecke und er denkt ans Sichtbarschalten. Er sieht die Laderampe und seine Landung ist vorbildlich. Anscheinend war die Fahrt für die *Anstandsdame* auf der Ladefläche zu anstrengend. Sie ist vor Erschöpfung eingeschlafen. Der Pilotenneuling muss schmunzeln. Er hat nicht vor, sie zu wecken, denn er hofft auf eine kurze Pause für ein Powernapping. Da hat er allerdings die Rechnung ohne den Wirt gemacht, denn Fast-Curvys Jubelschrei „Geschafft! Er kann ihn steuern!" lässt die Elfe hochfahren.

Diese blickt sofort auf ihr Armband, schaut zu Gina und registriert, dass das Fahrtraining abgeschlossen ist. Sie schnallt sich los und tippt sofort auf ihr Armband, damit die nächste Anlaufstelle vorinformiert ist. Müde, aber stolz auf seine Leistung, steigt der Hase vom Schlitten. Die Fahrlehrerin bespricht noch ein paar bislang nicht erwähnte Details mit ihm: zum Beispiel, dass die Gebrauchsanweisung im Handschuhfach neben dem Kakaokocher liegt, um darüber im Notfall das *Mechanikerbereitschaftsteam* zu kontaktieren. Dafür müsse er nur den Schraubenzieher, der sich auf dem Deckblatt der Gebrauchsanweisung befindet, im Uhrzeigersinn drehen, bis er wieder auf der Ausgangsposition steht. Dann würden sich die Mechaniker über den Griff, der die Gegensprechanlage beinhaltet, melden.

„Noch Fragen, mein Schätzchen?", will Gina zum Abschluss von ihrem Lehrling wissen. Dieser verneint und Ritual ist froh, aus dem magischen Kreis der Sirene zu kommen. Zehn Unterschriften auf diversen Unterweisungsblättern müssen geleistet werden, bis er mit einem filmreifen Augenaufschlag und einem gehauchten „Bis bald, mein Süßer!" seinen Flugunterricht abgeschlossen hat.

„Schon wieder dieses Ziehen. Egal!", denkt er in diesem Moment. Mit stolz geschwellter Brust folgt er der Ablaufverantwortlichen. Niemals hätte er sich das vorher zugetraut. Er ist wirklich gefahren oder geflogen. Ein Heißluftballon fliegt auch nicht, sondern fährt. Egal! Hauptsache er darf es in einigen Stunden nochmals machen. „Wir müssen zur ersten Anprobe!", bestimmt Ritual und er folgt ihr so schnell er hoppeln kann.

Er wird in der Wichtelschneiderei schon erwartet. Alle stehen um einen Ständer mit einem kleinen Weihnachtsmannanzug. Sie zupfen noch an manchen Stellen, und mit einer Stecknadel wird eine kleine Falte entfernt. Kaum stehen die beiden Angekommenen vor Herrn Böck, klatscht er in die Hände und im Nu wird dem Hasen das Stoffwerk übergestülpt. Es pikst ihn hier und da. Sie ziehen, spannen und stecken noch weitere Nadeln, die ebenfalls einen stechenden Schmerz verursachen. Er lässt alles geschehen, bis zu dem Moment, als eine Nadel ihn im Nacken an seiner empfindlichsten Stelle erwischt. „Auua!", entweicht es ihm so laut, dass alle kurz innehalten. Der Schneidermeister-Wichtel ermahnt ihn, nicht so zimperlich zu sein. Ihre Stiche seien sicherlich nicht so schmerzhaft wie ein Akupunkturstich, den er sich wegen seines steifen Nackens geben lassen müsse.

Das Ziehen und Stechen hat ein Ende und alle gehen mindestens drei Schritte zurück. Da steht er nun, umringt von kritischen Blicken. Er gehorcht der Aufforderung des Schneidermeister-Wichtels, sich einmal um die eigene Achse zu drehen. Mit noch kritischem Blick, aber weit entspannter klatscht dieser dreimal in die Hände und eine Elfe schwebt mit einer Weihnachtsmannmütze daher. Exakt über dem Auszustattenden lässt sie die Mütze fallen und schon ist dessen Gesicht verschwunden. „Ups! Entschuldigung, das ist die kleinste für Erwachsene. Ich hole rasch eine aus der Kinderabteilung", haucht die rot gewordene Elfe. Sie fliegt weg und ist sekundenschnell mit einer kleineren Version zurück. Diese passt jedoch auch nicht.

Was sie leider nicht bedacht haben, ist, dass der Hase mit nach unten gebogenen Löffeln nichts hören kann. Als er diese Feststellung den Anwesenden mitteilt, löst dies eine hitzige Diskussion aus. Einer übertönt die anderen mit dem Vorschlag, links und rechts Löcher in die Mütze zu schneiden, damit man die Ohren durchstecken kann. Diese Änderung kommt für Herrn Böck allerdings überhaupt nicht in Frage. Er lässt sich doch nicht seinen Ruf zerstören, indem er sich damit lächerlich macht, eine Weihnachtsmannmütze mit Löchern für Hasenlöffel zu kreieren. Es muss eine andere Lösung gefunden werden. Die Diskussion geht also weiter und weiter, bis es der Zeremonienmeisterin zu lange dauert und sie sich so laut räuspert, dass alle verstummen. Es ist Idea Failed, der Chef-Creator, der mit seinem Vorschlag, ein *Weihnachts-Tool* zu fragen, die Ruhe unterbricht.

Er klappt gleich sein Stecknadelhalterkissen am Armgelenk hoch, schildert sein Problem und sofort kommt die Antwort: „*Widex-Moment* ist das kleinste *HdO-Hörsystem* (Hinter-dem-Ohr-Hörsystem) mit Lithium-Ionen-Akku, das auf dem Markt erhältlich ist. Das mühsame Wechseln von Batterien gehört endgültig der Vergangenheit an. Aufladen in drei Sekunden und dann reicht es für zwanzig Stunden unerreichtem natürlichen Klang. Oder das kleinste *IdO-Hörsystem*, das tief in den Gehörgang gesteckt werden kann. Es nimmt kaum Nebengeräusche auf, ist batteriebetrieben und ein Batteriewechsel ist nur alle vierzehn Tage notwendig."

Der Schneidermeister-Wichtel schaut die Botenelfe nur an und schon versteht sie seinen Befehl. Sie kommt mit beiden Modellen zurück und der Mützenträger darf wählen. Der Hase entscheidet sich für ein *IdO-Hörgerät*, welches er sich in die Ohren steckt, während ihm eine andere Elfe die Mütze über seinem Kopf hält. Leider empfindet er diese Dinger in seinem Gehörgang so unangenehm, dass er gleich die anderen versucht. Die passen besser, jedoch müssen die Ohren mindestens halb hochgestellt sein, damit sie einen guten Halt haben. Also muss ein Zwickel in die Mütze genäht werden, damit die Ohren halb aufgestellt unter der Mütze Platz haben.

Die senkrecht stehende Weihnachtsmannmütze muss urkomisch aussehen, denn nun lachen alle. Auf seinen Wunsch, sich selbst in einem Spiegel anzusehen, wird aus Zeitgründen nicht eingegangen. Die Oberelfe Ritual tippt an ihrem Armband, während die Wichtel ihm vorsichtig seinen maßgeschneiderten Anzug ausziehen. Er reibt seine noch schmerzenden Stichstellen und vernimmt ein „In drei Stunden ist die zweite Anprobe und beim Rausgehen nicht vergessen, die Stiefel anzuprobieren."

Knapp vor dem Ausgang stehen in einer Linie die unterschiedlichsten Größen von schwarzen Stiefeln. Ein älterer, grauhaariger Weihnachtself fragt ihn nach der Größe und erklärt knapp, dass diese alle von der Gartenzwergabteilung seien und daher sicher ein passendes Modell dabei sein wird. Dem ist auch so, denn gleich das erste Paar passt. Sie sind zwar steif, da sie noch neu sind, doch für den einen Tag wird er es schon aushalten, meint der Grauhaarige. Er schlüpft aus den Stiefeln und spürt schon wieder dieses Ziehen.

„Wenn das so weitergeht, wird mein Fell an dieser Stelle bald ausgeleiert sein und Falten werfen!", grummelt er missgelaunt. Nach dem Verlassen der Schneiderei geht es im Laufschritt links, rechts, links, links, … er verliert die Orientierung. „Wo kommt nur die immer lauter werdende Musik her?", fragt er sich.

Ein langer Gang liegt vor ihnen und von weitem ist die für diesen Ort etwas ungewöhnliche Musik zu hören. Die nächste Verabredung haben sie mit dem Choreografen, das weiß er. Soll es sich dabei nicht um Weihnachtsmusik handeln? Was kommt jetzt auf ihn zu, denn die Musik klingt eher nach Streetdance oder Hip-Hop?

„Hilfe, ich kann nicht tanzen!" Diese Gedanken schießen durch seinen Kopf, als sie an einem großen Fenster, ähnlich einem Schaufenster, vorbeigehen. Abrupt bleibt er stehen und die Elfe, die ihn immer noch am Vorderbein vorwärts zieht, wird an ihrem Weiterkommen ruckartig gehindert. „Was soll das? Wir müssen weiter zum nächsten Termin!", bufft sie den an der Scheibe Stehengebliebenen an.

„So würde ich mich gerne bewegen können", denkt er sich und beobachtet I-Move und seine Tanzpartnerin. Bewegungen von wellenartig, sanft, bis zu abgehackt und roboterähnlich biegen und wiegen sich die beiden zu den bassdominierenden Tönen der Musik. Dazwischen gibt es Hebe-, Dreh- und Wurffiguren, sowie Salti vorwärts und rückwärts. Sensationell! Die Bewegungen am Boden sind ihm fremd. Plötzlich gibt es ein rotes blinkendes Licht, das die beiden Tänzer veranlasst, aufzuhören und die Musik abzustellen.

Zupfidizupf! Das Befehlszeichen von seinem persönlichen General zum Weitergehen ist spürbar. Was soll er als chronischer Antitänzer bei diesen Bewegungsvirtuosen? Da kann er sich nur blamieren, grübelt der Hase kopfschüttelnd und folgt ihr zur Eingangstür. „Ihr seid ja überpünktlich", begrüßt sie ein beschwingt auf sie zugehender, jugendlich aussehender Wichtel, der seine Kappe verkehrt herum aufgesetzt trägt. Während die Elfe den jungen Wichtel ernst ansieht, schiebt dieser seine Kappe in die richtige Position. „Los, los! Fangt an, damit ich auch weiterhin im Zeitplan bleiben kann", fordert Ritual I-Move und ihren Schützling auf und setzt sich mitten auf eine Bank im Wartebereich.

Der angehende Ersatzweihnachtsmann kann nun seine Bewunderung nicht zurückhalten, erzählt begeistert von dem, was er gesehen hat und fragt, was das am Schluss am Boden war. Die Lobesworte seines Fans veranlassen den Choreografen, auf seinen Tanzstil, der sich aus Street- und Breakdance, aber auch aus Electric, Boggie und Waving zusammensetzt, einzugehen. Der Fan erfährt gerade, dass die letzte Tanzbewegung Sixstep genannt wird und leicht erlernbar sei. Das bezweifelt er, da er kein Bewegungstalent hat. Doch auch wenn er die Absicht gehabt hätte, da war es wieder, das Räuspern! Schuldbewusst blickt I-Move zu Ritual, tippt auf seine Kappe und widmet sich dem eigentlichen Unterricht.

Es beginnt mit etwas Leichtem, dem richtigen Sitzen auf dem Schlitten, dem würdevollen Halten der Zügel in beiden Händen. Dazu muss er auf einem bereitgestellten Sessel Platz nehmen. Klingt einfach, doch das ist es für einen Hoppelhasen auf keinen Fall. Diese durchgestreckte Haltung beim Sitzen mit Körperspannung soll, während eines entspannten Gesichtsausdruckes, gehalten werden. Es gelingt ihm einfach nicht. „Hey Alter! Hast wohl wenig Sport gemacht in den letzten Jahren?", fragt ihn sein Lehrer und teilt ihm mit, „Yoga hilft immer!" Es bedarf Lockerungs- und Dehnungsübungen sowie ein wenig Yoga, damit er sich wahrnimmt und mittig fühlt. Nach einer kleinen Pranayama-Session, Sonnengruß, Pflug, Fisch und anderem befürchtet der Osterhase, dass er bald verknotet ist und die beginnenden Schmerzen im Lendenbereich ein Zeichen für einen Hexenschuss sein könnten.

Vorbei war es mit der Bewunderung. „Was glaubt der junge Wicht, was ich außerhalb meiner himmlischen vorgeschriebenen Ruhezeit mache?" Empört darüber setzt er sich so durchgestreckt hin, dass es einen schmerzhaften Stich im Bereich seiner Lendenwirbelsäule gibt.

Verdammt, jetzt hat er wieder seinen Ischiasnerv beleidigt. Schmerz wegatmen, Zähne zusammenbeißen und grinsen, denn dem Jungspund wird er es zeigen.

Zufrieden mit der Haltung, wird nun das einhändige Halten geübt. Dies ist ganz besonders wichtig, da die freie Hand zum Winken beim *Ho ho ho* verwendet werden kann. Da er gleich in der Haltung bleibt, alles andere wäre zu schmerzhaft, ist dies gleich erledigt.

Als Nächstes werden das Aussteigen und das Entlangschreiten auf dem Dach geübt. Dafür bekommt er einen großen, mit Papierschnipseln gefüllten Jutesack, der sich auf einem Leiterwagen befindet, zum Sessel geschoben. Die Tanzpartnerin zeichnet mit roter Kreide einen Strich auf den Boden, der vom Sessel wegführt. Dieser soll den Dachfirst simulieren. Dann stellt sie auf das Ende der Linie mehrere hohle Ytong-Quader übereinander, die den Schornstein darstellen sollen. Einleitend wird nun erklärt, dass immer ein kleinerer roter Sack mit den Geschenken für die aktuell zu Beschenkenden ganz oben im echten roten Geschenkesack des Weihnachtsmannes griffbereit liegen werde. Dann zeigt I-Move, wie man richtig aussteigt, sich den Sack schnappt, am First entlangbalanciert, auf den Kaminsims steigt, die Füße in den Schacht steckt und runterrutscht.

Der Osterhase muss den Ablauf öfter wiederholen, bis es für seinen Lehrer eines Weihnachtsmannes würdig wirkt.

Inzwischen hat seine Partnerin die Schiebetüren zu angrenzenden Räumlichkeiten geöffnet. Es sind mehrere Räume, die alle eines gemeinsam haben: einen Weihnachtsbaum mit brennenden Kerzen. Ansonsten sind es Wohnzimmer mit unterschiedlicher Ausstattung.

Brennenden Kerzen ausweichen und Geschenke platzieren, das soll er nun lernen. Die ihm gezeigten Ausweichmanöver gleichen Moves eines Streetdance. Auch hierbei gibt er sich, trotz seiner noch immer schmerzenden Wirbelsäule, besonders viel Mühe und erhält rasch Lob. Es scheitert bei ihm ja auch nicht an der Beweglichkeit, sondern am Tanztalent.

Die Geschenke dekorativ platzieren ist die leichteste Übung. Darin hat er ja Erfahrung. Bedauerlicherweise sind die Milchgläser und Kekse nur Attrappen, denn sein Magen knurrt nun schon hörbar, als hätte sich ein Löwe in seinem Bauch versteckt.

Gut, er hat alles verstanden und geübt. Offen bleiben für ihn trotzdem noch wichtige Fragen: „a) Wie komme ich durch den Kamin, ohne dass ich im Feuer lande? und b) wie komme ich wieder durch den Kamin auf das Dach?", die er nun geklärt haben will.

Der Choreograf lüftet das Geheimnis: „Du wirst in deiner rechten Jackentasche das Flammen-Stopp-Pulver finden. Davon reicht eine kleine

Prise, die du vorab in den Kamin streust, um das Feuer während deines Besuches zum Stillstand zu bringen. Es wird zwar das Licht da sein, aber es ist nicht heiß. Dadurch gibt es auch keinen giftigen Rauch während des Rutschens, egal in welche Richtung. Ein weiterer Spezialeffekt ist, dass auch der noch so verrußte Kamin keine Spuren auf deinem Gewand hinterlassen wird. Und hoch zum Dach kommst du, indem du deinen Bauch im Uhrzeigersinn streichelst. Durch das Essen von den *Ho-ho-ho-Keksen* produziert dein Körper viel Pupsgas. Sobald du im Kamin stehst und am Bauch reibst, entweicht dir ein Pups. Durch das Pupsgeräusch wird das Feuer wieder echt. Somit gibt es eine, für Menschenohren nicht hörbare, Explosion, die dich nach oben katapultiert." Er erzählt ihm auch noch, dass im Fall, wenn kein Kamin vorhanden ist, was ja bei Neubauwohnungen aus Gründen der Kostenersparnis jetzt häufiger vorkommt, das Pulver aus der rechten Hosentasche zu verwenden sei.

Wenn man es über dem Kopf hochwirft und es auf den Körper herabrieselt, schrumpfen er und sein Gepäck für kurze Zeit. So käme er unter jedem Türspalt hindurch. Nun kann sich der Hase vor Lachen nicht mehr halten, denn er stellt sich vor, wie der große stattliche Weihnachtsmann zur Minifigur schrumpft, unter der Tür durchgeht und dann wieder aufpoppt.

Urkomisch ist dieser Gedanke, bis das noch lauter werdende Knurren seines Magens das Gedankenbild zerplatzen lässt. Den Vorschlag, auch diese zwei Funktionen zu üben, lehnt er nun strikt ab, denn wenn er nicht bald etwas zu essen bekäme, würde er eine Unterzuckerung bekommen und umfallen.

Das will keiner der Anwesenden riskieren und I-Move bespricht sich kurz mit der Zeremonienmeisterin. Wenn noch Zeit übrigbleiben sollte, kann er jederzeit zum Üben kommen. I-Move übergibt ihr noch eine Schriftrolle, die sie in einer Tasche unter einem ihrer Flügel verstaut.

„Dann auf in die Kantine!", lautet der Marschbefehl. Dieses Mal stört es den hungrigen Hasen nicht, dass sie ihn mit sich zieht. Nach einigen Abbiegungen stehen sie vor einem kleineren Lift als jenem, den er schon kennt. Als dieser hier sich öffnet, ist er zwar ähnlich ausgestattet, doch in der Mitte ist weniger Platz. Die Beschilderung sieht auch anders aus. Die Druckknopfbilder übereinander sind selbsterklärend.

Es gibt eine Etage für Fitness, eine zum Relaxen und darüber der Schlafbereich für Wichtel. Nach oben geht es weiter mit einer Badewanne für Wichtel, eine Etage nur für WCs, eine für den Schlafbereich der Elfen, darüber Duschen für die Elfen, oberhalb dieser Etage befindet sich ein Kindergarten und ganz oben, der letzte Knopf symbolisiert Essen und Trinken. Genau auf diesen drückt nun seine Begleiterin. Endlich! „Gleich bekomme ich etwas zu essen", denkt sich der Hase.

Die Liftfahrt dauert nicht lange und die Ankunft wird mit einem Klingeln angekündigt. Die Tür öffnet sich und vor ihm zeigt sich ein kreisrunder Raum, der mit einem durchgehenden Fenster eine Aussicht in alle Richtungen ermöglicht. Es dürfte schon später Nachmittag sein, da die Sonne ihre Strahlen in einem satten Orangeton über das Wolkenbett schickt. Mittig befindet die Küche, die von Elfen bewirtschaftet wird. Drumherum ist eine Theke mit Wichteln, die Getränke vorbereiten und die Tabletts mit Essen und Getränken zur Abholung bereitstellen.

Darüber gibt es Bildschirme, die das Bild des Bestellers anzeigen. Die Kantine ist sehr gut besucht, jedoch nicht überfüllt. Ein positives Zeichen vermutet der Hungerleidende in der Hoffnung, bald etwas zwischen die Zähne zu bekommen.

Ebenfalls kreisförmig aufgestellt sieht er Terminals, wo man anscheinend seine Bestellung aufgeben kann. Den ersten freien steuern sie an. „Der Bestellvorgang ist selbsterklärend. Ich muss mal *für kleine Elfen*. Sie kommen jetzt sicher ohne mich zurecht. Bitte bestellen Sie mir das Elfenmenü Nr. 2 mit", bedankt sich die Elfe Ritual und ist schon verschwunden. Hunger und Durst treiben ihn an und er folgt den Anweisungen auf dem Bildschirm.

Er berührt den Bildschirm und es erscheint ein Auswahlmöglichkeiten-Tool: – *hier essen oder mitnehmen?* – *mit oder ohne Gast?* Bis hierher ist es noch leicht und er drückt *mit Gast*. Es erscheinen zwei Eingabefelder. Auf der einen Seite gibt es die Auswahlmöglichkeit *Wichtel oder Elfe?* Rasch drückt der Hase *Elfe* und es erscheinen wieder zwei Auswahlfelder. Eines mit *Menü 1* und eines mit *Menü 2*. Letzteres wird gedrückt und es erscheint *Danke*, was er als abgeschlossen interpretiert.

Nun widmet er sich dem 2. Eingabefeld und sieht sich schon am Tisch sitzen und essen. Da erscheint unter *Gast* die Auswahlmöglichkeit *Tier oder sonstiges Wesen?* Er drückt *Tier* und es erscheinen zig Bilder von Tieren und darüber eine Suchfunktion mit Eingabe von Buchstaben. Er tippt rasch *Hase* ein und freut sich schon auf Bilder von Salat, Karotten etc., als plötzlich ein Licht aufblitzt. „Anscheinend wird jetzt ein Foto gemacht, welches dann über der Ausgabe erscheint", denkt er. Doch er irrt sich. Es erscheint *keine Übereinstimmung*. „Okay, dann probiere ich es mit Kaninchen", sagt er sich innerlich, doch auch dieses Mal erscheint im Anschluss *keine Übereinstimmung*. Genauso ergeht es ihm bei der Eingabe von *Haushase, Feldhase, Wildhase, Schneehase, Buschhase* und noch zig weiteren Verwandten. Er ist ratlos.

Endlich kommt Ritual zurück und fragt verwundert, warum er noch immer beim Bestellterminal steht. Mit herabhängenden Ohren schaut er sie verzweifelt an und zeigt mit der Pfote auf sein Eingabefeld mit dem

Hinweis. „Aber was machen Sie denn in der Tierwelt?", fragt sie entrüstet, „Sie sind doch der Osterhase. Sie müssen sonstige Wesen anklicken", und tippt wild darauf los.

Endlich gibt es eine Übereinstimmung und weiter geht es mit Auswahlmöglichkeiten *Veganer / Vegetarier / Frutarier*, ob es *Lebensmittelunverträglichkeiten* gibt oder nicht und wenn ja, welche.

Die Elfe beschließt, schon mal einen Tisch mit schöner Aussicht für sie beide zu suchen und ermutigt den Hasen, den Rest einzugeben, denn es sei jetzt nur noch ein Kinderspiel und macht sich auf die Suche. Er blickt auf das Display und es poppt auf *alles gekocht / teilweise gekocht / alles roh*, welcher *Esstyp: Impulsesser / Hedonistische Esser / Stressesser / Ablenkungsesser / Stimmungsesser* oder irgendeine Kombination. „Es reicht!", zischt er.

Sein Gesicht ist ungesund rot angelaufen und er zieht an seinen Ohren, als wolle er sich selbst auf eine Leine hängen. Sofort eilt Ritual zu ihm und ist fassungslos, dass er es anscheinend nicht schafft, seine Essensbestellung aufzugeben. Ein kurzer Blick reicht ihr und sie fragt, warum er das alles beantworten will, wenn er doch so hungrig ist. Er bestraft sie mit einem finsteren Blick und sagt, dass er von dem Gerät ständig diese Fragen gestellt bekommt und er keine Wahl hat, um endlich zu der Speisenauswahl zu kommen. Sie beginnt herzhaft zu lachen, zeigt mit ihrem Finger auf einen Button mit *Überspringen* am unteren Ende des Displays, was ihr einen noch finsteren Blick beschert. Ab jetzt geht es natürlich schneller. Nach dreimaligem Tippen auf *Überspringen* gelangt er zu der für ihn passenden Auswahlmöglichkeit.

Er wählt Salatblätter mit Zuckerkarotten, Kräutermischung Provence und Gänseblümchen darüber und dazu ein Quellwasser. Fast hätte er die Nachspeise vergessen. Er entscheidet sich für Spinatwackelpudding, denn den macht seine Frau nicht gern, weil er immer so grüne Flecken auf dem Fell der Kinder hinterlässt, wenn sie beim Essen nicht aufpassen. Beendet wird die Eingabe mit dem Hinweis *Lächeln – Foto* und ehe er in Position gehen kann, blitzt es schon.

So sieht dann auch das Foto aus. Er mit aufgerissenen, vor Anstrengung geröteten Augen und hängenden Ohren und dahinter Ritual mit einem Zwinkerauge und seitlich geneigtem Gesicht, welches zeigt, dass sie Spaß hat. Sie machen sich auf den Weg zum reservierten Tisch. Er befürchtet, dass ihm diese Aktion auf seinen Magen geschlagen ist und er gar nichts mehr runter bekommt, denn sein Magenknurren hat aufgehört und er spürt noch immer den von der vorhergehenden Aktion entstandenen Knödel im Hals. Allerdings ist ihm dies inzwischen egal, denn er denkt, dass er jetzt sicher lange auf seine Bestellung warten muss.

Doch falsch gedacht – es dauert keine Minute, als durch heiteres Gelächter der anderen Gäste seine Aufmerksamkeit geweckt wird und er sich auf dem Bildschirm über einer der Ausgabestellen erkennt. Er eilt zur Theke, holt für beide das Essen und ist dankbar, als ihr Bild erlischt. Zurück am Tisch ist auch der Hunger da und er freut sich auf sein Essen. Ritual ist früher mit ihrem Essen fertig und schaut seitdem ständig auf ihr Armband. Er kaut genüsslich, extra langsam, da er endlich in Ruhe sitzen kann, ohne dass er etwas lernen oder üben muss. Was würde er jetzt für ein kleines Nickerchen geben. Doch daraus wird wohl nichts! Das Armband beginnt zu vibrieren und als die Elfe darauf drückt, ertönt die bitterböse Stimme von Herrn Böck: „Wo bleibt ihr?"

Ohne Nachtisch geht es weiter. Trotz Protest von Seiten des Langohrs wird er in Richtung Lift gezogen. Ständig klopft er auf ihre an ihm ziehende Hand. Sie lässt nicht locker. Er bereut zutiefst, dass er heute Morgen die Haustür geöffnet hat.

Rein in den Lift, runter, links, rechts, rechts, noch ein paarmal abbiegen, Tür auf und schon steht er vor dem zornigen Schneidermeister. „Ihr habt Verspätung!", brüllt dieser. Trotz der Erklärung, dass jeder einmal essen muss, beruhigt er sich nicht. Nach seinem üblichen Händeklatschen geht alles ganz fix und schon steht der Ersatzweihnachtsmann im maßgeschneiderten Anzug vor dem Spiegel und fühlt sich sehr wohl. Selbst die angepasste Mütze sitzt richtig und die Hörgeräte stören auch nicht. So schnell sie ihn angezogen hatten, so schnell steht er wieder ohne Klamotten da.

„Ausfertigen und aufbügeln!", wird angeordnet. Die Ablaufverantwortliche tippt wie gewohnt auf ihr Armband, schnappt sich den Hasenarm und ab geht es zur letzten Lerneinheit. Der Lehrer der Sprechtechnik und Semantik, ein älterer, untersetzter, vollbärtiger Wichtel mit einem dicken roten Schal um seinen Hals, empfängt sie vor seiner offenen Bürotür stehend mit einem perfekt gesprochenen „Herzlich willkommen in meinem Studio. Ich heiße Elo Quent und du kannst El zu mir sagen", fordert er sie auf, einzutreten und Platz zu nehmen. Während der Wichtel die Tür schließt, erkundigt er sich, ob der Text sitzt. Die Hasenbegleiterin zieht die Papierrolle aus ihrer Tasche, reicht sie ihrem Schützling und erklärt die Umstände, warum der Hase noch keine Zeit hatte, den Text zu lernen. An Elo Quents Miene kann man keine Gefühlsregung erkennen, als er den Schüler auffordert, den Text sofort zu lernen. Zehn Minuten bekommt er als Zeitlimit. „Gott sei Dank merke ich mir schnell Texte", denkt sich der Osterhase und beginnt zu lesen:

„Dasher, Dancer, Prancer, Vixen, die Kufen sind geschliffen,
Comet, Cupid, Donner, Blixen, ich bin auf meinem Sitz,
Rudolph schalte deine rote Nase an
und ab in die Lüfte geht es dann."

Er bekommt einen Lachanfall. „Da hat sich wohl ein Hobbydichter einen Scherz erlaubt", kann man zwischen seinen Lachsalven gerade noch verstehen. Trotz Ermahnung durch den Sprachlehrer, die Angelegenheit schon allein aus Zeitgründen ernst zu nehmen, kann er nicht aufhören zu lachen. Inzwischen liegt er schon am Boden, lacht und hält sich den Bauch. Der Zeremonienmeisterin reicht es, sie zieht ihn am Ohr und verfehlt ihre Absicht nicht. Es ist plötzlich still.

Er setzt sich, nimmt das Papier mit dem Text, unterdrückt das steigende Bedürfnis zu lachen und lernt die Strophe. Jeweils am Ende des Textes murmelt er „Welch Schwachsinn", bis er beim dritten Mal einen Tritt an einem seiner Hinterbeine spürt, den ihm die kopfschüttelnde Ritual verpasst hat. Er unterlässt jeden weiteren Kommentar, lernt den Text und leiert ihn nach kurzer Zeit runter.

„So nicht, junger Mann!", ist das knappe Feedback von Herrn Quent. Er erklärt ihm, wo, was und wie betont werden muss, welche Laute kurz und welche lang gesprochen werden müssen und dass er um drei Oktaven tiefer sprechen soll.

Es folgen Wiederholungen, Belehrungen, sogar Lautübungen, bei denen er Murmeln in sein Maul gestopft bekommt und mit ihnen die Selbstlaute sprechen soll. Er findet das maßlos übertrieben, was er den beiden Anwesenden auch mitteilt. Der Sprachlehrer sieht es als eine Beleidigung, dass seine Lehrmethode ins Lächerliche gezogen wird und droht, wenn er nicht sofort aufhört dagegen zu arbeiten, dies der Weihnachtsdiskriminierungsstelle zu melden. Wissend, dass diese Verfahren außer zusätzlicher Zeit und Papierkram keinen Sinn haben, beschließt der Osterhase, weitere Beschwerdegründe zu vermeiden, und bemüht sich besonders, El zufriedenzustellen. Es gelingt ihm nicht ganz.

Nickend meint dieser, dass es nun Zeit für das weit wichtigere, richtige Intonieren von *Ho ho ho* wäre. Der Lehrer setzt sich, mit Abstand zum Schüler, auf einen Sessel und stellt auf den leeren Tisch daneben eine Keksdose. Er nimmt einen daraus, isst ihn, wartet einige Sekunden, bis sein Bauch zu wippen beginnt und es ertönt ein tiefes „Ho ho ho" aus dem lachenden Sprachlehrer.

Noch schmunzelnd fordert er seinen Schüler auf, einen Keks zu nehmen. Ungläubig greift dieser langsam nach einem Keks, beißt rein, kaut und erfreut sich am Karottengeschmack. Obwohl schon einige Sekunden seit dem Schlucken vergangen sind, spürt er nichts. Fragend schaut er zuerst auf El und dann auf seine Begleiterin, die ihn selbst in Erwartung einer Reaktion anstarrt.

„Das funktioniert bei mir nininiii", stottert er, weil sein Bauch in dem Moment beginnt, sich wellenförmig auf und ab zu bewegen. Er schaut darauf und ihm entweicht ein Lachen mit „Hou hou hou". Nun müssen alle drei lachen. Er schnappt sich rasch einen neuen Keks und kaut schon, als er die Anweisung „Stimme tiefer und kurze *Ho* nacheinander" hört.

Gespannt wartet er darauf, dass die Welle des einzigartigen, angenehmen Gefühls in seinem Bauch kommt. Da ist sie und er versucht, den Anweisungen zu folgen. Seine Stimme klingt tiefer und am *Ho ho ho* braucht nur noch wenig geändert werden. Somit ist der dritte Versuch bereits perfekt.

Lediglich an der Bassstimme muss noch gearbeitet werden. Das bedauert der Hase. Er hätte zu gern noch ein paar Kekse gegessen, denn sie sind köstlich. Jetzt versteht er den riskanten Versuch des Weihnachtsmannes, an die Kekse zu kommen. Ein rotes Blinken am Armband der Zeremonienverantwortlichen, begleitet von einem lauter werdenden Hupton, erschreckt die Runde. Ritual drückt gleich auf die rote Stelle und es ertönt „Sofort in die Schneiderei kommen! Sofort in die Schneiderei kommen!" Das verheißt nichts Gutes.

Ohne Verabschiedung oder sonstige Worte ergreift Ritual sein Vorderbein und sie stürmen aus dem Studio in Richtung Schneiderwerkstatt. Die Hasenbeine berühren kaum noch den Boden. Er fühlt sich, als wäre er eine Fahne. So müsste es für andere aussehen, denn er flattert hinter der Elfe her. „Was ist passiert?", will er fragen, ist aber mit Atmen und dem Versuch, mit seinen Beinen den Boden zu berühren, überfordert.

Die Tür der Schneiderwerkstatt steht offen und von weitem schon hört man Meister Böck schreien. Die Schimpftiraden hören auch nicht auf, als sie hinter ihm ihren Sprint beenden und ihn fast anrempeln. „Was ist passiert?", keucht die Zeremonienmeisterin. Der vor ihr Stehende beendet seine Schreierei, dreht sich um und geht einen Schritt auf die Seite. Vor den Neuangekommenen hängt der maßgeschneiderte Anzug für den heiklen Auftrag. Beide bringen kein Wort heraus, als sie sehen, dass die Hose ein Brandloch hat. Neben dem Anzug steht eine kleine Wichtelfrau, die zu Boden schaut und immer wieder sagt: „Es tut mir leid. Es tut mir wirklich leid. Ich entschuldige mich für meine Unachtsamkeit. Es tut mir so leid." Der Schneidermeister faucht: „Verschwinde, geh mir aus den Augen, Tolly Patschi! Das war für dich die letzte Aufgabe in meiner Werkstatt. Du kannst dich bei der *Wichteleinteilungsstelle* melden." Und an seinen Chef-Creator gewandt fragt er etwas sanfter, aber auch bestimmt: „Vorschläge?"

Alle Augen gehen in Richtung von Idea Failed, der auch prompt eine Idee hat. „Wir haben keine Zeit für eine neue Maßanfertigung. Aber wir könnten eine rote Hose von einem Zwergenkostüm nehmen. Leider gibt es nur vom größten Weihnachtszwerg eine rote Hose in dieser Kollektion. Die könnten wir nehmen." Stille. Der Meister überlegt kurz und sagt: „Mehr werden wir in der noch verbleibenden Zeit nicht schaffen. Also rasch, rasch!" Hektisch bewegen sich die Gehilfen. Jeder weiß, ohne es gesagt zu bekommen, was er zu tun hat. Der Hase geht zu seinem löchrigen und angebrannt riechenden Anzug und fragt, wie das passieren konnte. Böck erzählt, dass Tolly Patschi beim Aufbügeln zu viel Wasserdampf verwendet hatte. Dadurch war der Anzug ganz feucht. Zum Trocknen hatte sie dann die weniger nasse Hose über den Heizstrahler gehängt und dummerweise die nasse Jacke darauf. Die Luft konnte so im Strahler nicht zirkulieren und durch den Hitzestau gab es einen Kurzschluss und die Funken verursachten, dass der Stoff zu brennen begann. Er erzählt weiter, dass durch die rasche Reaktion der anderen Büglerinnen zwar Ärgeres verhindert werden konnte, jedoch die Hose nun unbrauchbar ist.

„Sie haben nur noch dreißig Minuten Zeit zu schlafen. Ich würde sie an Ihrer Stelle nutzen", beendet er das Gespräch und begibt sich zu den restlichen Wichteln, die sich bereits mit der Änderung der Hose beschäftigen. Ritual äußert ganz leise, dass sie hoffe, dass sie es schaffen, in der kurzen Zeit die Änderungen an der Hose vorzunehmen. Es sei bestimmt nicht einfach, denn immerhin müssen seine krummen Beine in der Hose eine gute Bewegungsfreiheit haben.

Sie fordert den Hasen auf, ihr zu folgen. „Was ist jetzt", denkt der angehende Ersatzweihnachtsmann. Kein Ziehen? Sie geht langsam voran in die Gästelounge, bietet ihm eine Liege in einem separaten Ruhebereich an und verspricht, ihn in zwanzig Minuten zu wecken, damit sie rechtzeitig wieder in der Schneiderwerkstatt sein können. Er denkt gar nicht daran, sich dazu zu äußern, so müde ist er. Kaum liegt er, schläft er auch schon und unmittelbar darauf wird er wieder geweckt. Zumindest kommt es ihm so vor. Er hat gar nicht mitbekommen, wie die Zeit vergangen ist. Die Uhr über dem Ausgang zeigt den Countdown an. Exakt fünfundvierzig Minuten bis Mitternacht, das bedeutet, dass der Heilige Abend unaufhaltsam näherkommt und für ihn die Showtime beginnt.

Er wird nervös. Als sie in der Schneiderwerkstatt ankommen, sind alle noch mit den Änderungen beschäftigt. Der Chef der Werkstatt eilt mit der Jacke zu ihnen und zieht sie ihm gleich an. „Etwas eng, ich bekomme wenig Luft", sagt der Hase. Da der Schneidermeister zwischen den Zähnen Stecknadeln eingeklemmt hat, kann er nur schwer verständliche Laute von sich geben. Es klingt nach „... Boss will ... zusätzliche Polsterung ... zu viel..." Er zieht dann jedoch aus seiner Jackentasche eine feine Schere, trennt die Seitennähte auf, lässt die Nahtzugabe raus und entfernt hastig die Fadenstückchen. Der Hase atmet vorsichtig ein. Es ist zwar etwas besser, aber noch nicht optimal. Darauf wird jetzt jedoch keine Rücksicht mehr genommen. Die Jacke wird ihm ausgezogen und die Hose, an der eine Näherin noch versucht, die zwei Einziehgummienden zusammenzunähen, wird angezogen. Irgendwie muss er lustig aussehen, da die meisten Umherstehenden schmunzeln. Die Hose ist wesentlich bequemer, um nicht zu sagen zu locker und eine Spur zu lang. Flugs ist eine Elfe mit

Hosenträgern da. Mit diesen wird die Hose bis unter die Brust hochgezogen. Meister Böcks Enttäuschung steht ihm ins Gesicht geschrieben. „Schnell die Jacke, Mütze und die Stiefel anziehen und rauf zum Boss", befiehlt er und schon will die Zeremonienmeisterin den Ausstaffierten am Ärmel mitziehen, als der Schneidermeister ihr droht: „Wage es nicht!", und dem Hasen ruft er noch nach: „Die Jacke bleibt zugeknöpft!"

Der Ersatzmann weiß, dass er kurz vor seinem Einsatz steht und beeilt sich, der Elfe zu folgen. Im Lift hält sie ihm noch einige Dokumente zum Unterschreiben unter seine Nase. Nach *Brandvermeidungsunterweisung*, *Datenschutzerklärung* etc. hört er auf zu lesen und beeilt sich, alle Schriftstücke zu unterschreiben.

Mit einem *Kling* wird die Ankunft angekündigt. Die Lifttür öffnet sich und der Weihnachtsmann und seine Gattin erwarten die beiden schon. Er sieht seine Zweitbesetzung und versucht, seine Enttäuschung mit einem verkrampften Lächeln zu überspielen. Seine Gattin hingegen strahlt den Osterhasen an, übergibt ihm eine Keksdose und wünscht ihm alles Gute. Glocken in allen Klangvarianten beginnen zu läuten, werden immer lauter, bis eine, die riesig sein muss, einen tiefen Ton von sich gibt und alles verstummt.

„Nun ist es so weit, Herr Kollege. Ich sage jetzt schon Danke und wünsche Ihnen alles Gute. Leider kann ich Sie nicht bis zur Startrampe begleiten", sagt er mit einem zwinkernden Blick auf sein Bein. „Ich gebe Ihnen ein Walkie-Talkie mit. Eine andere Möglichkeit der Kommunikation haben wir leider nicht. Darüber erreichen Sie mich im Notfall, falls es funktioniert. Denn getestet wurde es nicht. Haben Sie noch eine Frage?", erkundigt er sich. „Eine Frage? Viele! Ich weiß gar nichts mehr. Ich habe alles vergessen. Ich kann das nicht! Ich bin der falsche Mann!", stammelt der Gefragte, dessen Knie so zittern, dass sein ganzer Körper vibriert.

Der Weihnachtsmann beruhigt ihn, meint, dass er kein Lampenfieber haben muss. Er solle sich an das Geübte erinnern. Rechtzeitig den Unsichtbarkeitsmodus einschalten und vor dem Kamineinstieg das Pulver aus der Jackentasche in den Kamin streuen, da es sonst zu Verbrennungen kommen könne. Mit einem Augenzwinkern erinnert er nochmals an das Geheimnis, wie er wieder auf das Dach käme und wie er sich mit dem Pulver aus der Hosentasche so klein machen könne, dass er überall durch-

bzw. reinkäme. Die Texte hätte er geübt und nun müsse er nur noch aufpassen, dass er den Kerzen ausweiche, dass er auf keinen Fall mehr als einen Schluck Milch und einen Bissen vom Keks pro Besuch machen solle. Denn mehr wird er aufgrund der Menge nicht vertragen. Zum Abschied gibt es noch einen *Hals- und-Beinbruch-wird-schon-schiefgehen-Wunsch* und dann steht er da.

Er steht da und fühlt sich so allein. Seine Knie schlottern und eigentlich will er nur flüchten. Würden nicht die Bilder der beiden Mädchen ständig in seinem Kopf sein, hätte er zwischendurch schon abgebrochen. Denn er ist sich sicher, den Vertretungsjob nicht machen zu können. Das ist ihm eine Nummer zu groß.

„Es wird Zeit. Bitte folgen Sie mir", sagt die für die Abläufe Verantwortliche leise zu ihm. Und noch leiser und nur für ihn hörbar: „Sie schaffen es! Sie haben das Herz am rechten Fleck. Wir werden Sie in Gedanken begleiten."

Der Ersatzweihnachtsmann atmet tief durch, zieht die leicht heruntergerutschte Hose am Hosenbund hoch und folgt der Elfe zum Lift. Kurz davor dreht er sich nochmals um, sieht viele Elfen und Wichtel, darunter alle, die er näher kennenlernen durfte, seine Lehrer und Lehrerinnen, die ihm zum Abschied winken oder den Daumen hochhalten. Der Weihnachtsmann zwinkert aufmunternd und seine Gattin wischt sich eine Träne weg.

Durch das *Kling* wird seine Aufmerksamkeit auf die Lifttür gelenkt. Diese öffnet sich und auf ihn wartet der Schlitten mit einem riesigen roten Sack und davor strahlen ihm seine Freunde, die Rentiere, allen voran Rudolph, entgegen. Erneut atmet er tief durch und kämpft gegen das Lampenfieber. Er freut sich, seine Begleiter zu sehen und steigt nach ihrer herzlichen Begrüßung auf den Schlitten. Er winkt allen in der Kommandozentrale zu, bringt aber kein Wort des Abschieds raus. Sein Hals fühlt sich an wie zugeschnürt. Die Türen schließen sich und es geht runter. Er wird noch nervöser, denn bald gibt es kein Zurück mehr. Dann sind sie auch schon da - *Kling*, wie in Zeitlupe öffnet sich die Lifttür. Die Startrampe liegt vor ihnen und die Rentiere bringen ihn mit dem Schlitten in Position. Sie drehen ihre Köpfe erwartungsvoll in Richtung des Schlittenführers. Der bekommt Panik. Ihm fällt der Text nicht mehr ein. Rudolph merkt es und meint mitfühlend, dass er überhaupt nicht nervös sein muss. Sie alle werden ihm helfen, so gut sie können. Der heutige Gabenüberbringer beginnt stockend mit:

„Prancer, Dasher, Dancer, Vixen, … irgendwas mit Schlitten oder schliffen, Comet, Cupid, Donner, Blixen, … ich bin auf meinem Sitz …"

Die Rentiere unterdrücken ihr Lachen.
Er probiert erneut:
„Dasher, Dancer, Prancer, Vixen, … Kufen geschliffen,
Comet, Cupid, Donner, Blixen, … ab geht es fix."

Er starrt die Tiere an. Sie starren ihn an und plötzlich grölen die Schlittentiere los. Rudolph liegt am Boden vor Lachen.

Es dauert ein wenig, bis er sich erhebt und noch mit einem Lächeln dem verdutzt schauenden Weihnachtsosterhasen erklärt, dass ein einfaches „Hü!" auch reichen würde. Sie könnten es sich selbst nicht erklären, warum der Boss noch immer an diesem veralteten Spruch festhält.

Nicht sicher, ob er dem Ganzen trauen kann, kommt zaghaft das „Hü!" über seine Lippen. Die Tiere reagieren, so wie sie es ihm gesagt haben. Obwohl er den Start erwartet hat, überrascht ihn die Beschleunigung so, dass er sich gerade noch an den Zügeln festhalten kann, um nicht vom Schlitten zu stürzen.

Erleichtert, dass er sich auf die Rentiere verlassen kann und sie ihren Job bestens erfüllen, schiebt er sich schnell die Mütze gerade, die beim Start nach hinten gerutscht ist.

Ab diesem Moment genießt er die Fahrt. Zwischen dem Geschwindigkeitsmesser und dem Höhensteuerungshebel blinkt ein Knopf mit der Beschriftung *Der Sinkflug steht bevor*. „Jetzt ist es soweit. Es wird ernst", denkt er kurz und stellt verblüfft fest, dass seine Pfoten automatisch zu den Tasten und Hebeln greifen. Anscheinend hat er sich in der kurzen Einschulungszeit doch etwas merken können.

Seine ersten Besuche werden auf Kiribati, einem Inselstaat im Pazifik, sein.

Er bewegt den Hebel und die Tiere mit dem Schlitten senken sich nach vorn. „Jetzt geht's los", wird ihm bewusst und mit zunehmender Nervosität sammeln sich die Schweißperlen auf seiner Stirn.

Sie durchfahren die Wolkendecke. Fast hätte er vergessen, auf den *Unsichtbarkeitsmodus* zu schalten. Zum Glück fällt ihm das, nachdem Rudolf ihm einen kurzen Blick zugeworfen hat, ein.

Als die ersten Häuser zu sehen sind, greift er sich mit zittrigen Händen einen Ho-ho-ho-Keks und steuert das erste Dach an. Der Bauch beginnt zu wackeln und es rutscht ihm ein, noch nicht einwandfreies, *Ho ho hou* raus. Zu seiner eigenen Überraschung gelingt ihm dafür die Landung wie im Lehrbuch. „Geschafft", denkt er erleichtert. Er steigt aus, schnappt sich den obersten Sack aus dem riesigen und geht zum Schornstein.

Dort angekommen, nimmt er ein wenig Pulver aus der Jackentasche und streut es in den Schornstein. Er steigt über die Abdeckschürze, die Beine hängen schon im Kaminrohr, als er kurz zögert. „Was soll schon sein?", denkt er sich. Er atmet tief ein, hält die Luft an, stößt sich ab und rutscht ohne Probleme runter. Vor Aufregung registriert er gar nicht, dass es keine Hitze gibt, obwohl die Holzstücke noch glühen.

„Mein erster Einsatz!", denkt er und wird immer nervöser. Mittlerweile sammeln sich die Schweißperlen in der Falte über seiner Nase und bilden eine Spur bis zur Nasenspitze, was wiederum ein Kitzeln verursacht und ihm ein Lächeln entlockt. Erst als er sich sicher ist, dass er allein in dem verschlossenen Raum ist, beginnt er, die Stille zu genießen, wird ruhiger und nimmt seine Umgebung wahr.

Eine kleine Lampe brennt auf einem Tischchen, welches zwischen einem Sofa und dem Weihnachtsbaum steht. Darauf entdeckt er ein Glas Milch und daneben einen Teller, belegt mit Keksen. „Nur nicht ablenken lassen. Zuerst die Päckchen unter dem Baum verteilen", ermahnt er sich, als in ihm das Verlangen zunimmt, zu den Keksen zu greifen. Als er sich sicher ist, dass die Geschenke optisch passend verteilt sind, gönnt er sich einen großen Schluck Milch und isst einen, gefolgt von einem weiteren, Keks.

Er weiß, dass er sich zurückhalten soll, aber in Stresssituationen, wie vorhin beim Start und jetzt bei der Landung, hat er immer Hunger. Zur Sicherheit besichtigt er nochmals sein Arrangement der Geschenke. Dann stellt er sich in den Kamin, reibt im Uhrzeigersinn seinen Bauch und es geschieht genau das, was ihm prophezeit wurde.

Das ist ein Spaß! Er pupst, spürt noch die beginnende Hitze und im nächsten Moment geht es aufwärts und er steht, ehe er es so richtig mitbekommt, neben dem Schlitten. Die Rentiere schauen ihn anerkennend an und sie machen sich auf, die noch ca. 5 999 999 997 Menschen zu besuchen. So nehmen sie sich ein Haus nach dem anderen vor. Auf dieser Insel gibt es nur Schornsteinhäuser und alles läuft wie beim ersten Besuch ab.

Auch auf Neuseeland wiederholen sich die Abläufe ohne Zwischen-fälle, wodurch er Selbstvertrauen gewinnt. Die ersten Schwierigkeiten gibt es in Australien. Mangels eines Kamins muss er das erste Mal das *Verkleinerungspulver* aus der Hosentasche verwenden. Plötzlich wird rund um ihn alles größer. „Genau so muss sich Gulliver gefühlt haben", denkt der Weihnachtshase. Überdimensional große Möbel, ein nach obenhin nicht enden wollender Christbaum und das Glas Milch gleicht dem Was-sertank einer Kleinstadt. Während er alles bestaunt und überlegt, was die Menschen mit diesen auf Stecknadelkopfgröße geschrumpften Geschen-ken anfangen sollen, wird ihm bewusst, dass er ohne Werkzeug kein Stück von diesen Monsterkeksen abbekommen wird. Aus dem Milchglas zu trinken, ohne reinzufallen, wird dann die nächste Herausforderung werden. Denn dass man durch Strampeln daraus Butter machen könnte, ist ja nur im Märchen möglich. Er befürchtet, dass er, einmal reingefallen, niemals mehr rauskommen würde.

Genau bei diesem Gedankengang spürt er zu seiner Erleichterung das Nachlassen der Wirkung. Alles verwandelt sich in Zeitlupe wieder in Normalgröße. Dieser Stresspegel ist eindeutig zu hoch. Ausnahmsweise gönnt er sich vor dem Geschenkeverteilen einen Keks und leert das Glas in einem Zug.

Mit dieser Erfahrung macht er sich erleichtert auf den Weg, seinen Auf-trag weiter zu erfüllen, denn schlimmer kann es nicht werden, nimmt er an.

Die weiteren Besuche in Australien verlaufen ohne besondere Vorkommnisse. Zumindest ereignet sich nichts, was er nicht schon von seinem eigenen Job kennt. Er ist nur überrascht, Mäuse, Eidechsen oder anderes Kleingetier in Zimmern anzutreffen, da seine eigene Arbeit nur im Freien zu erledigen ist.

Er entdeckt sogar Behausungen, Käfige, Aquarien etc., wo Tiere, Vögel oder Fische in Gefangenschaft gehalten werden. Diese Art, mit Tieren umzugehen, hätte er den Menschen nicht zugetraut. Kurz kommt ihm in den Sinn, dass die Menschen keine Geschenke verdienen, wenn sie nicht mit allen Lebewesen respektvoll umgehen. Nur sein Versprechen gegenüber dem Weihnachtsmann und dass die Tiere keinen verzweifelten Eindruck auf ihn machen, halten ihn davon ab, seine Mission abzubrechen.

Langsam werden die Abläufe wie das Landen, ins Zimmer mit dem Christbaum gelangen, die Geschenke verteilen, Milch und Kekse verzehren und der Rückweg mit Abflug zur Routine und die Anspannung und Nervosität sind nach dem einhunderttausendsten Besuch nicht mehr zu spüren. Der Weihnachtshase staunt über so manches luxuriöse Zimmer und bedauert die Bewohner der kleinen, mit schäbigen Möbeln ausgestatteten Zimmer.

Aber egal, wie das Zimmer aussieht – immer warten auf einem Tischchen oder Hocker, beleuchtet von einer Kerze oder einer kleinen Lampe, Milch und Kekse auf ihn. So auch im Wohnzimmer eines Hauses, welches von einem Elternpaar mit neun Kindern bewohnt wird. Es ist sehr klein und um den Baum herum gibt es wenig Platz. Seine Hüfte ist von seinen Einsätzen, seinen Moves richtig gelenkig geworden. Wenn er fertig ist, kann er unter die Streetdancer gehen, davon ist er überzeugt.

Um das letzte Päckchen auf den letzten noch freien Platz unter den Baum legen zu können, muss er sich durch die Enge zwischen Baum und Tisch schieben und als er sich bückt, spürt er, wie seine rechte Hüfte plötzlich warm und wärmer wird. Als er hinsieht, erblickt er eine kleine Flamme an seinem Jackensaum. In Panik schnappt er sich die Milch und kippt sie über die Brandstelle. Die Flüssigkeitsmenge reicht aus, um die Flamme zu löschen, doch nun hat er eine angesengte Stelle und es riecht nach verbranntem Stoff. Das ist ihm eine Lehre. Geschockt tritt er den Rückzug an.

Die Lust auf Keks ist ihm vergangen. Statt ihn anzuknabbern, steckt er ihn in einen seiner Stiefel. Bereits im Kamin stehend und am Bauch reibend, bemerkt er zu spät, dass er am Boden eine Milchpfütze hinterlassen hat. Er bedauert es, jedoch Rudolph erklärt ihm, dass er einige Minuten warten müsse, um nochmals das Flammen-Stopp-Pulver verwenden zu können. Doch sein noch zu bewältigendes Arbeitspensum lässt ihm keine Zeit, nochmals runterzurutschen, um alles aufzuwischen. Dieser Vorfall erweckt in ihm Unruhe und Unsicherheit. Rasch kommen ihm wieder Zweifel, ob er nicht doch hätte ablehnen sollen. Über sich enttäuscht setzt er sich auf den Schlitten und mit einem „Hü!" geht es weiter zum nächsten Haus.

In diesem und in vielen weiteren Wohnungen läuft alles reibungslos und ohne besondere Vorkommnisse. Nachdem sich sein Magen erholt hat, isst er wieder Kekse und trinkt Milch, bevor er nach einem letzten prüfenden Blick die Wohnung oder das Haus über jenen Weg verlässt, über den er reingekommen ist. Seine Stimmung wird nur durch die Wege über den Kamin ein wenig aufgeheitert. Besonders der *Pups-Katapult-Rückflug* auf das Dach hat es ihm angetan. Bedauerlicherweise muss er das *Verkleinerungspulver* häufiger verwenden. Die japanischen Häuser, die nach der Kumiko-Bauweise gebaut wurden, sind auch eine Herausforderung für sich. Steile Dachflächen, an deren First der Schlitten keinen guten Stand hat, erschweren das Aus- und Einsteigen und Kamine sind in Japan eine Seltenheit.

Weiter ging es über das Ostchinesische Meer nach Südkorea, dann nach Nordkorea und China. Dort erwartet ihn eine ganz andere Herausforderung. Der Smog, der in manchen Städten so dicht ist, dass er die Häuser fast zu spät erkennt, reizt zudem die Bindehaut seiner Augen so sehr, dass es das Sehen beeinträchtigt. Bei einigen Landungen gibt es daher notlandungsähnliche Situationen mit unsanftem Aufsetzen.

Die giftigen Bestandteile des Smogs wirken sich aber auch negativ auf seine Atemwege aus. Sein mittlerweile einwandfreies *Ho ho ho* wird zum *Houch houch houchchch*.

Er versucht, seine Arbeit so rasch wie möglich zu erledigen, damit er bald ins Landesinnere kommt, wo die Luftqualität besser ist und damit nehmen auch die Beschwerden ab.

Durch die kurzen Aufenthalte in den Zimmern werden auch Milch und Kekse schneller getrunken und gegessen. Eigentlich ist er satt, aber er hält sich an den Ablauf. Perfektionistisch wie er ist, will er keine schlechte Rückmeldung wie zum Beispiel „Der Weihnachtsmann war in diesem Jahr nachlässiger." verursachen. Doch er hat noch so viele Besuche vor sich und muss sich bald etwas einfallen lassen. Seine Jacke spannt schon über seinem Bauch und er ist sich sicher, dass er die Polsterung jetzt nicht mehr braucht.

Russland – dichter Schneefall, sodass man die Hand vor den Augen kaum erkennen kann. Zu spät bemerkt er, dass er schon in Sichtweite der Erdbevölkerung ist und dann vergisst er auch noch den Unsichtbarkeitsmodus rechtzeitig einzuschalten. Ein Schneemann erblickt ihn, als sie auf einem Dach fast notlanden. Vor Staunen reißt dieser seine Kohleaugen so weit auf, dass eine rausfällt. Der Hase ist ebenfalls in eine Schockstarre verfallen und bewegt sich nicht. Als würde er annehmen, dass man ihn so nicht sehen kann. Auch die Rentiere bewegen sich nicht und starren auf den Schneemann. Dieser blickt einäugig zwischen den Rentieren und dem Hasen im Weihnachtsmannkostüm hin und her. Für die Rentiere ist der Anblick des Einäugigen, dem nun auch noch die Karottennase vom Hin- und Herschwenken seines Kopfes runterfällt, so belustigend, wie der nasenlose Einäugige umgekehrt den neuen Weihnachtsmann extrem lächerlich findet.

Zeitgleich brechen alle in ein herzliches Lachen aus. Dies wiederum verursacht beim Schneemann, dass die mittlere Kugel beginnt, sich zu bewegen. Dadurch verliert er nach und nach weitere Kohlestücke. Zuerst jene, die die Knöpfe darstellen sollen, gefolgt von jenen des Mundes. Jetzt ist der Höhepunkt erreicht.

Die Rentiere können sich vor Lachen fast nicht auf dem Dach festhalten und dem Schneemann kugelt der Kopf von der Bauchkugel, die ebenfalls schon gefährlich schwankt. Endlich erwacht auch der Auslöser der Situation aus seiner Starre, lacht mit und drückt sofort auf den Unsichtbarkeitsmodusknopf, um weitere Katastrophen zu vermeiden. Es dauert eine

Weile, bis sich alle beruhigen und die Rentiere Halt finden, damit der Schlitten in Position bleibt.

Rudolph stellt fest, dass sie viel Zeit verloren haben und sie sich ab jetzt ranhalten müssen, um im Zeitplan zu bleiben. Auch der Osterhase will schnellstens seinen Auftrag hinter sich bringen. Er schnappt sich flink wieder den Sack, der zuoberst liegt und führt seine Mission fort. Das Geschehnis hatte etwas Positives. Das Lachen hat ihn lockerer gemacht und ihm gezeigt, dass er sich besser konzentrieren muss.

Russland ist riesig. Es ist nicht umsonst das größte Land der Welt. Besonders der östliche Teil kann zu dieser Jahreszeit extrem kalt sein. Er weiß noch aus dem Geografieunterricht, dass es dort einen Ort namens Oimjakon gibt, wo es mehr als minus sechzig Grad geben kann. Er hofft auf einen milderen Winter und dass er von diesen Temperaturen verschont bleibt. Die Kälte verursacht Gelenkschmerzen und schränkt ihn in seiner Beweglichkeit zunehmend ein.

Im tiefsten Inneren ist er sehr froh, dass seine Arbeitszeit im Frühling ist!

Bevor er Jakutsk, bekannt als die kälteste Stadt der Welt, erreicht, sieht er im Wohnzimmer eines Bauern ein schlafendes Kind auf einem Sofa. Daneben befindet sich das Tischchen wie üblich für ihn vorbereitet mit Milch und Keksen. Das Kind dürfte erst kurz vorher eingeschlafen sein, denn die Milch ist noch warm. Daneben steht eine kleine Schale mit Kakaopulver und auf einem danebenliegenden Zettel der schriftliche Hinweis:

Lieber Weihnachtsmann! Ich trinke gerne Kakao. Magst du auch Kakao? Ja? In der Schale ist Kakaopulver. Du kannst so viel nehmen, wie du willst. Danke für deinen Besuch. Deine Milana

Dieses Angebot nutzt er nicht, aber dadurch fällt ihm ein, dass es am Armaturenbrett in der Nähe des Kakaokochers einen Knopf für die Sitzheizung gibt. Hastig nimmt er einen Schluck Milch, knabbert an einem Keks und ab geht es wieder nach oben. Mit einem Sprung ist er im Schlitten und sucht nach dem Knopf. Da ist er! *Klick*, und schon spürt er die wohlige Wärme an Rücken, Gesäß und den Unterschenkeln. Sein Gedanke „Wie ärgerlich, dass ich nicht früher daran gedacht habe." wird durch Rudolphs Räuspern unterbrochen. Ab nun ist es ein Vergnügen für ihn, durch die Kälte zu fliegen.

Über die restlichen Länder Osteuropas, deren Klima schon milder ist, erreichen die Weihnachtspaketboten die skandinavischen Länder. Die Skandinavier, vor allem die Schweden, legen anscheinend besonders viel Wert auf ein ausgiebiges Festmahl, vermutet der Weihnachtshase. Es riecht bis in das Zimmer, in dem der Weihnachtsbaum steht, nach den unterschiedlichsten Essensdüften. „Ob sie die ganze Nacht lang kochen?", überlegt er. Verwirft den Gedanken jedoch gleich wieder, da er sich erinnert, dass er im Anflug schon sehen konnte, ob ein Zimmer beleuchtet war. Ganz selten nur hat ein Licht gebrannt. Auch jetzt, in diesem Haus, wo ihm der Gedanke kommt, weiß er, dass keiner munter ist. Außer, es würde einer im finsteren Nebenraum auf der Lauer liegen, um ihn bei der Arbeit zu beobachten. Er schmunzelt, da er durch den Unsichtbarkeitsmodus für die Erdbewohner ja nicht zu sehen ist.

Seine Gedanken schweifen zurück zur Geruchsvielfalt. Warum kann man ihm nicht einmal einen Teller mit Gemüse und ein Glas Wasser hinstellen?

„Wie hält der Weihnachtsmann das nur aus?", wundert er sich und stellt fest, dass es kein Wunder ist, dass der Weihnachtsmann übergewichtig ist. Er ekelt sich bereits, wenn er Milch und Kekse nur erblickt.

„Durchhalten!", ermahnt er sich innerlich. Und so geht es auch weiter und weiter.

Die Abläufe wiederholen sich, sind mittlerweile automatisiert. Er fühlt sich sicher und es läuft auch lange reibungslos, bis sich in einem kleinen ungarischen Haus etwas ganz Unerwartetes ereignet. Der Abstieg durch den Kamin ist noch wie üblich. Mit seinem gefüllten Sack macht er sich auf zum Baum, verteilt die wenigen Päckchen in Rekordzeit. Nach dem Biss vom Keks und einem Nippen an der Milch dreht er sich Richtung Kamin, um schnellstens wieder nach oben zu kommen, als er plötzlich einen schneeweißen *Wischmopp* vor dem Gesicht hat, der schnuppernde Bewegungen in alle Richtungen macht.

Es ist einer der schönsten Puli, ein ungarischer Schäferhund und bekannt für seine bodenlangen Schnüren-Behaarung, den er je gesehen hat. Ihm ist bewusst, dass ihn keiner sehen kann. In der Hoffnung, dass der Puli bald das Interesse am Schnuppern verliert, verharrt er und atmet ganz oberflächlich. Ausdauernd ist der Hund wirklich. „Ich muss etwas tun, solange die Wirkung des Ho-ho-ho-Kekses mir meinen Rückweg garantiert", überlegt er und geht seitlich am Sofa entlang. Doch der *Wischmopp* folgt ihm noch immer schnuppernd. „Was soll ich nur machen?", sinniert er und unbewusst setzt sein Fluchtinstinkt ein. Mit einem Satz springt er aufs Sofa und setzt zum weiteren Sprung über den Puli an. Ein großer Fehler, wie sich herausstellt, denn durch den kurzen Abdruck, den er beim Landen auf dem Sofa hinterlässt, weiß der zottelige Aufpasser, dass sich ein Fremder im Raum befindet. Der Puli schnappt nach ihm. Die Zähne klappen zusammen. Zum Glück ein Biss ins Leere. Durch den Sprung über den Hund, hat dieser die Luftbewegung bemerkt. Bevor der Hase den Kamin erreichen kann, hat sich der Hirtenhund, der auch für seine Beweglichkeit und Schnelligkeit bekannt ist, umgedreht und, noch immer schnuppernd, vor dem Kamin platziert. Ein Vorbeikommen ist ausgeschlossen. Dazu ist der Kamin zu klein. Ein Geistesblitz schießt ihm durch den Kopf. Wenn nicht nach vorn, dann ist eben Rückzug angesagt. Er hat es zwar noch nie in Kombination mit dem Flammen-Stopp-Pulver ausprobiert, doch warum sollte es nicht funktionieren.

Flink fasst er in die rechte Hosentasche und holt eine Verkleinerungs-portion des Pulvers hervor. Während das Pulver über seinen Körper rieselt, dreht er sich in Richtung Tür und läuft los. Kurz bevor es wirkt, spürt er einen leichten Schmerz in seiner rechten Gesäßbacke und ein ruckartiges Ziehen an seiner Hose. „Hilfe!", entweicht es ihm. Doch die hat er nicht mehr nötig, denn geschrumpft flüchtet er durch alle Türspalte mit einer rekordverdächtigen Geschwindigkeit, sodass er fast Probleme hat, vor dem Haus zu bremsen, um nicht der nächsten Gefahr wortwörtlich, Auge in Auge, gegenüberzustehen.

„Nicht schon wieder ein Hund!", will er gerade rufen, hält aber noch rechtzeitig seine Pfote vor den Mund und starrt einem riesigen Schäferhund auf die Schnauze.

In Sekundenschnelle macht er einen Schwenk um 180 Grad, checkt die Lage und sieht neben dem Haus einen Nussbaum, der bis über die Dachkante reicht. Mit seiner Sprungkraft erreicht er die unteren Äste. Nur weg hier! Die Rentiere verfolgen das für sie amüsante Schauspiel von oben, folgen aber prompt dem „Hü!" des aufgebrachten Hasen. Er bittet die Schlittenzieher, ihm eine Verschnaufpause zu geben und ein paar Kreise über dem See zu drehen. Sie gönnen sie ihm und nach einigen Schleifen geht es weiter. Eines weiß er sicher: Ab diesem Zeitpunkt wird er sich bei jedem Betreten des Raumes, sei es durch den Kamin oder durch den Türspalt, vergewissern, dass sich keine freilebenden Tiere im Raum befinden.

„Komisch", grübelt er, „irgendwie empfindet eine Gesäßhälfte die Sitzfläche wärmer als die andere." Während des Fluges steht er auf und kontrolliert zuerst den Sitz. „Seltsam, was ist das Rötliche an dieser Stelle", fragt er sich, löst eine Pfote von den Zügeln und berührt sie. Kaum taucht der Gedanke, „Kann das Blut sein?" auf, kombiniert er, fasst sich auf seine wärmeempfindliche Hinterbacke und spürt sein Fell. „Wie kann das sein", überlegt er kurz und dreht sich um. Mit nach hinten gestrecktem Hinterteil kann er das Loch in der Hose erkennen und eine kleine rote, verklebte Stelle in seinem Fell. Blut! Er spürt, wie seine Knie weich werden und sich alles vor seinen Augen zu drehen beginnt.

Eine Ohnmacht bahnt sich an. Er kippt auf eine Seite und mit ihm schwankt auch der Schlitten. Die Rentiere steuern sofort gegen, indem sie beschleunigen und den kippenden Schlitten zu stabilisieren versuchen. Durch diese Aktion hängt der fast Bewusstlose mit einer Pfote am Zügel und sein restlicher Körper hängt wie ein aufgehängtes Wäschestück daran. Gerade rechtzeitig, noch bevor der Geschenkesack aus seiner Halterung purzelt, verursacht die Beschleunigung einen Gegensteuerungseffekt. Zuerst kippt das Gefährt auf die andere Seite, der hängende Hase fliegt im Bogen über den Schlitten und hängt kurz auf der anderen Seite, bevor sich der Schlitten nur mehr wenig in die gegenüberliegende Richtung bewegt und der Hase mit einem Kopfstand auf dem Sitz landet. Noch immer hält er die Zügel krampfhaft fest, sodass seine Krallen schmerzen. „Hey Alter, geht's noch!", schnaubt Blixen, der Jüngste, ihn mit blitzendem Blick an. Sofort hat er Schuldgefühle, weil er nicht nur seine treuen Gefährten, sondern die ganze Aktion gefährdet hat. Hurtig setzt er sich, haucht ein „Sorry!" und schaltet die Sitzheizung aus.

Mit rasantem Tempo machen sie kehrt, um die Häuser und Wohnungen bzw. deren Bewohner anzusteuern, die sie ausgelassen haben. Sein schlechtes Gewissen bleibt und immer, wenn er Zeit hat nachzudenken, schleichen sich Ängste betreffend seiner Verletzung in seine Gedanken. „Wie viel Blut habe ich wohl schon verloren? Erleide ich eine lokale Entzündung oder gar eine Blutvergiftung? Wann war meine letzte Tetanusimpfung? Heilt eine Wunde in den Höhen, die wir zwischendurch überflogen haben? Ob sie groß ist? Wird eine Narbe bleiben und wie groß wird sie sein? Sollte ich mich in eine Tierklinik begeben?" Die Sorgen um sich selbst wollen nicht enden und er weiß, dass er sich mit diesem Outfit nirgends mehr öffentlich zeigen kann.

Auf seiner Mission hat er schon viele Kliniken mit sämtlichen Fachrichtungen, die es gibt, besucht. Die er jetzt ansteuert, die Züricher Kinderklinik, ist besonders groß, vor allem für eine reine Kinderklinik. Aus seiner bisherigen Erfahrung sind die Besuche der Kinder im Krankenhaus die emotionalsten für ihn. Es macht ihn traurig. Er schämt sich fast für seine Gedanken: „Gott sei Dank sind meine gesund."

Er startet seine Tour durch das Krankenhaus mit vielen kleinen Geschenken in seinem Sack. Was braucht man auch schon Großes, wenn man krank ist. Von Zimmer zu Zimmer wird er immer trauriger. Nur der Gedanke, dass ein Geschenk ein Lächeln ins Gesicht des erkrankten Kindes zaubert und vom Krankenhausalltag ablenkt, macht es erträglich. Mindestens die Hälfte der Zimmer hat er schon aufgesucht, als er das letzte in der Etage durch den Türspalt erreicht.

Da sind sie! Zwei Mädchen, die sich, während sie schlafen, an den Händen halten. Nicht irgendwelche Mädchen, sondern die beiden vom Weihnachtsabendsimulator, die der Grund für ihn gewesen sind, den Vertretungsjob des Weihnachtsmannes überhaupt zu übernehmen. Die Gesunde liegt in einem gekippten Lehnstuhl und hält die Hand der Kranken. Ein friedlicher Anblick, wäre nur das kranke Mädchen nicht so blass und hätte statt des Kopftuches Haare auf dem Kopf.

Eine Weile beobachtet er dieses trügerische Bild. Das Wissen über die nächsten Stunden macht ihn traurig. So traurig, dass seine Augen zu tränen beginnen und sich eine Träne auf die Reise durch sein Fell bahnt, an einem Barthaar hängen bleibt und über dieses entlangläuft, bis sie am

Ende kurz hängen bleibt und letztendlich der Schwerkraft zum Opfer fällt. Nun muss er auch noch schniefen. Sein linker Unterarm wird zum Abwischen benutzt. Es bleibt eine Spur. Rasch versucht er diese mit dem anderen Unterarm wegzuwischen. Jetzt hat er auf dem einen Ärmel auf der Vorderseite und auf dem anderen auf der Rückseite den Beweis seines emotionalen Gefühlsausbruches hinterlassen.

Kurz grübelt er, wie er die Flecken entfernen könnte, bevor sie eintrocknen. Was würde Meister Böck von ihm denken, wenn er den Anzug mit einem Loch und dann auch noch diesen Spuren zurückbringt. Er schüttelt den Kopf, als er ein leises Klacken vom Runterdrücken der Türklinke hört.

Eine Frau betritt mit schleichenden Bewegungen den Raum. Da sie keine Dienstkleidung trägt, nimmt er an, dass es sich um die Mutter der Kranken handelt. Das sorgenvolle Gesicht mit den verquollenen Augen bestätigt seinen Verdacht. Während sie sich auf ihre Tochter zubewegt, schleicht sich der Hase zu dem kleinen Weihnachtsbaum aus Plastik mit bunten Kugeln, der auf einem Rollwägelchen steht. Es ist eines mit vielen Schubladen, die sicher mit Spritzen, Ampullen und sonstigen Gegenständen für den Notfall gefüllt sind. Selbstverständlich steht neben dem Bäumchen seine übliche Verpflegung. Nur ein einziges Geschenk ist für diese Ablagestelle bestimmt. „So, schnell hinlegen und noch schneller weg von hier", denkt er und stellt das Milchglas so hastig zurück, dass es zu kippen droht. Er fängt es gerade noch rechtzeitig ab, um ein Kippen zu vermeiden. Dabei stößt er an das Wägelchen, welches sich ganz leicht bewegt. Es ist gerade so viel Bewegung, dass die Aufmerksamkeit der Mutter von ihrer Tochter in Richtung des Hasen, der zum Glück nicht sichtbar ist, gelenkt wird.

Steif vor Schreck steht der Hoppelhase im Kostüm und traut sich nicht einmal zu blinzeln. Er weiß, dass er unsichtbar ist, trotzdem kann er nicht verschwinden. Zu fasziniert ist er von ihrer Reaktion.

Das leidvolle, angespannte Gesicht entspannt sich und ein Lächeln erscheint, als sie das von ihm platzierte Geschenk sieht. Sie schmunzelt und flüstert ein leises „Danke" in den Raum. Unter dem Geschenkpapier kann man eindeutig erkennen, dass es sich um ein Fotoalbum handelt. „Jetzt wird es Zeit, das Zimmer zu verlassen", denkt der Geschenkbote und sieht gerade noch aus dem Augenwinkel, wie die Mutter ihr Kind auf die Stirn küsst und zärtlich seine Wange streichelt.

Ab diesen Moment macht es ihm weit weniger emotionalen Stress, Kranke, egal ob jung oder alt, aufzusuchen. Er vertraut darauf, dass jedes seiner Geschenke den Tag der Erkrankten zu einem guten Tag machen und ihnen ein Lächeln ins Gesicht zaubern wird.

Nach dem Besuch dieser Klinik hat er seine Wunde vergessen und bemüht sich, alles perfekt zu machen.

In Griechenland hat es mit der Ziegenmilch begonnen. Er kann sie nicht mehr riechen und hält sich jedes Mal die Nase zu, wenn er einen Schluck nehmen muss. Igitt, igitt! Es ist eklig. Im europäischen Teil der Türkei, aber auch in dem zu Asien gehörenden Teil, wartet die nächste Überraschung auf ihn.

Die Kekse, falls man die noch so nennen kann, werden klebriger und klebriger. Beim Hochheben rinnt der Honig oder eine andere zähfließende Zuckermasse durch seine Krallen. Diese Süße verklebt nicht nur seine Krallen, die er jedes Mal danach an seiner Jacke abwischt, sondern auch seine Zähne, den Mund und die Speiseröhre. Einfach alles scheint sich zu verkleben. Er kann nicht mehr.

„Wenn ich jetzt sterbe, dann an einem Zuckerschock", erklärt er Rudolph.

Der reagiert mit einem Lächeln und vertraut ihm an: „Der Chef hat sich immer riesig auf die Baklava gefreut. Bitte verrate es nur nicht seiner Frau, aber hier hat er nicht nur einen Bissen genommen, sondern immer ein ganzes Stück vernascht."

Dies kann der Hase überhaupt nicht verstehen. Das klebrige Zeug verkleistert zunehmend sein Inneres, obwohl er immer einen kräftigen Schluck von dieser ekligen Ziegenmilch trinkt. Sein *Ho ho ho* wird immer unverständlicher. Er ist froh, dass Wichtel Elo Quent ihn nicht hören kann. Ein Blitzgedanke lässt Zweifel aufkommen und ihm wird ganz heiß. Wenn sie schon einen Weihnachtssimulator haben, vielleicht können sie auch seine Tätigkeiten verfolgen? Mit einer Bordkamera oder einer Mini-kamera in der Mütze oder in einem der Knöpfe wäre es möglich. Die Zweifel werden stärker bei dieser Vorstellung und er fühlt sich gar nicht wohl bei dem Gedanken, dass sie ihn beobachten könnten und fragt sich, ob er alles zu ihrer Zufriedenheit macht. „Ich bemühe mich so sehr", denkt er, „und jeder hat einmal angefangen und sicher nicht fehlerfrei!"

Es folgen noch einige Baklava, die weiter zur Vergrößerung der klebri-gen Abstreifspur auf seiner Jacke beitragen. Apropos Jacke – diese be-ginnt vorn so zu spannen, dass die Polsterung nach innen auf Bauch und Brustkorb drückt, was die erlernte Bauchatmung vor seinem *Ho ho ho* er-schwert.

Die ungewohnten Anstrengungen, die klebrigen Süßigkeiten und die *Igitt-Milch*, aber auch der schon lange andauernde Einsatz bringen ihn zum Schwitzen. Noch dazu befinden sie sich südlich des Äquators, ge-nauer gesagt im Süden von Kenia, wo es im Dezember am heißesten ist und auch in der Nacht noch zwanzig Grad hat. Nicht zu vergessen, dass er hat über seinem Fell, mit dem er sonst unterwegs ist, zusätzlich das Kostüm trägt. Darunter kocht es. Ob es atmungsaktiv ist? Er bezweifelt es, denn es wird ihm heißer und heißer.

Anscheinend ist es auch der Elefantenherde zu heiß. Sie bewegen sich gemächlich in Richtung Lake Chala, einem See, der in der Mitte geteilt zu Kenia und Tansania gehört.

Elefanten schlafen maximal zwei Stunden am Tag und in der Regel erst in der Zeit vor der Morgendämmerung. Noch ein kurzer Marsch steht ihnen bevor, dann ein Nickerchen und anschließend ein Morgenbad.

„Wie herrlich wäre jetzt ein kühles Bad in einem Gebirgsbach", sinniert der Ersatzweihnachtsmann und beschließt kurzerhand, seine Jacke während des Fluges offen zu tragen. Damit er nicht wieder Balanceprobleme bekommt, nimmt er sich vor, die Knöpfe erst vor dem Abflug zum nächsten Einsatzort zu öffnen.

Auf dem Programm steht nur eine einzige Massai-Hütte in einem größeren Dorf. In dem Sack, den er herausnimmt, hört er etwas Vertrautes. Ein leises, tiefes Gackern mit abwechselnd kurzen hohen Tönen sowie dem noch leiseren Piepsen ist ihm bekannt. Es kann sich nur um eine Henne handeln, die ihren Küken unter ihren Flügeln Schutz bietet. Unter einem in die Erde gesteckten Zweig mit daran befestigten Stoffstreifen stellt er den kleinen Käfig mit der Henne und ihren drei Küken ab. Die Henne starrt ihn ungläubig an und will schon losgackern und Alarm schlagen. Während er seine Mütze von seinem Kopf zieht, gibt er ihr mit seiner Pfote vor Mund und Nase das Zeichen, sie solle still sein. „Bitte nicht!", bittet er die Henne. „Ich bin nur der Ersatz für den verunfallten Weihnachtsmann und übernehme in diesem Jahr die Verteilung der Geschenke. Bitte verhalten Sie sich ruhig!", fleht er die Henne an, während die Küken unter den Flügeln ihrer Mutter hervorschauen.

Wenn man jetzt annimmt, dass die Mutterhenne einen Lachanfall bekommt, irrt man gewaltig. Sie bugsiert mit ihren Flügeln ihre Kleinen wieder darunter und mit erhobenem, empörtem Gesicht schaut sie demonstrativ in eine andere Richtung. „Arrogant wie alle Hühner", denkt sich der Osterhase, „doch heute soll es mir egal sein, denn dann ist wenigstens Ruhe. Das Gegacker kommt noch früh genug. Hoffentlich kann ich mich zwischen meiner heutigen Hilfestellung und den Vorbereitungsarbeiten für meine eigentliche Arbeit noch erholen."

Erleichtert verlässt er die Hütte und setzt seine Mütze auf. Endlich kann er für eine *Marscherleichterung* sorgen und beginnt, kaum dass er auf dem Schlitten Platz genommen hat, seine Jacke aufzuknöpfen. Der letzte Knopf befindet sich hinter seinem Gürtel. Er öffnet zuerst den Gürtel und spürt schon die Erleichterung beim Atmen. „Nur noch einer", sagt er zu Rudolph und zerrt an seiner Jacke und dem Knopf. Der allerdings will nicht so recht aus dem Knopfloch. Der Hase wird ungeduldig, zerrt daran, bis er endlich durchrutscht. Beim Wegziehen der Jackenvorderseite mit den Knopflöchern öffnet er unabsichtlich die Hosenträgerschnalle. Er blickt runter, der unter Zug stehende Träger schnellt hoch und die Schnalle landet mitten in seinem linken Auge. „Aua!", entfährt es ihm. Alle neun Rentiere wenden ihren Kopf zum Piloten. Der Reaktionsschnellste ist Rudolph mit seinem Kommando: „Festhalten! Notfallstart!" Gerade noch rechtzeitig erfasst seine rechte Pfote die Zügel, bevor der Steigflug ihn in die Sitzbank drückt. Seine linke Pfote liegt schützend vor seinem linken Auge. Er spürt, wie sein Oberlid anschwillt. „Alter, das gibt ein blaues Auge!", lacht Blixen schadenfroh.

Glück im Unglück ist, wenn man sich in einer tropisch heißen Region befindet, Eis braucht und sich zufällig in der Nähe des mit einem Gletscher bedeckten Kilimandscharo befindet. Dorthin, genauer gesagt zum Plateau von Kibo, dem höchsten Punkt des Berges, hat Rudolph sie gelotst. Unter der Klimaerwärmung wurde der Großteil des Gletschers dahingerafft, aber es gibt noch einige Gletscherinseln an der großen flachen Stelle. Mit seinem Huf schlägt Rudolph gleich ein Stück ab, welches er mit einem Absatzkick (Ein Zuspiel, bei dem der Ball mit der Ferse getroffen und nach hinten gespielt wird.) in Richtung des Piloten befördert. Reflexartig fängt der Hase das Eisstück mit seiner rechten Pfote und drückt es auf sein geschwollenes Auge. Anfangs ist es angenehm. Der pochende Schmerz in der oberen Kante seiner Augenhöhle nimmt ab. Allerdings nimmt dann der Schmerz durch die Kälte zu. Vorsichtig lockert er den Druck des Eisstückes, abwartend, ob die entstandene Beule platzen würde, wenn nichts dagegen drückt. Die Beule platzt nicht, aber sein Auge ist so stark angeschwollen, dass er es nicht mehr öffnen kann.

„Bestens! Jetzt auch noch das Auge. Was kommt als nächstes? Ich will nach Hause in mein Bett! Mir reicht´s!", jammert er. Blixen unterdrückt mit einem Glucksen sein Lachen, nachdem Rudolph ihn streng anschaut.

Es entsteht eine Pause mit einer unheimlichen Stille. Der Lädierte sitzt mit zurückgelegtem Kopf und hält noch immer das Eis auf sein Auge. Es ist schon eine Ironie, dass er heute Nacht so lange durch die Luft gleitet und es eines blauen Auges bedarf, um den wunderschönsten Sternenhimmel, den er jemals gesehen hat, zu betrachten.

Total entspannt und fast schmerzfrei will sich wie in Zeitlupe sein gesundes Auge schließen. Die Müdigkeit scheint ihn zu übermannen. Kurz bevor das Oberlid das Unterlid berührt, reißt er es, nach einem lauten Räuspern vom rotnasigen Rentier, nach oben. Aufmunternd folgt: „Du schaffst es! Es dauert nicht mehr lange." Motivationslos lässt er das Eis fallen und ergreift mit einem „Hü!" die Zügel. „Hoffentlich habe ich es wirklich bald hinter mir!", grummelt er nach vorn, während die Beule noch immer schmerzt.

Gedanklich geht er die noch zu absolvierenden Kontinente bzw. Länder durch. „Südamerika, Nordamerika, östliches Kanada, Grönland, restliches Kanada und dann noch ein paar Inseln, bis der Spuk auf Samoa zu Ende ist", lautet seine Schlussfolgerung. Was nutzt es, Trübsal zu blasen oder herumzujammern? Er versucht, sich selbst zu motivieren. Vor dem nächsten Landeanflug versucht er einhändig, seinen Hosenträger, jenen dessen Schnalle der Übeltäter und Grund für den Zwischenstopp war, an seiner Hose zu befestigen. Er versucht es mehrmals, hält das metallene Teil zum Befestigen in der Pfote, doch da stimmt etwas nicht. Mit verdrehtem Kopf prüft sein rechtes Auge, woran es scheitert. „Schei ...", ohne Vollendung des Wortes, entfährt es ihm. Die Schnalle ist gebrochen.

Das bedeutet, dass er bis zum Ende der Aktion mit schiefsitzender Hose herumlaufen muss. Das Zuknöpfen der Jacke ist mit einer Pfote bei diesem Bauchumfang schier unmöglich und für den Gürtel bräuchte er sowieso die zweite dazu. Bevor er den Schlitten, die Crew und sich selbst nochmals in Gefahr bringt, erklärt er seinem Assistenten, wird er die Zügel kurz mit seinen Knien halten müssen, um sein Outfit wieder korrekt anzuziehen. Rudolph bedankt sich für die Vorabinfo und bespricht es mit dem Rest der Truppe. Die Jacke geht gerade noch zu, obwohl sein Bauchumfang ein bedenkliches Ausmaß erreicht hat. Schon beim Gedanken an die vielen Kekse befürchtet er, dass sein Bauch noch größer werden könnte. Er überlegt, ob er nicht stattdessen eine *alternative Lösung* finden kann, die ihm auch prompt einfällt. Wozu hat er die hohen Stiefel an? Diese sind am Schaft so weit, dass er hier und da einen Keks oder etwas Milch verschwinden lassen könnte.

An seinem nächsten Einsatzort setzt er seinen Plan in die Tat um und stellt fest, dass es funktioniert. Er nimmt sich vor, dies nur vorübergehend zu machen, zumindest nur so lange, bis sein Völlegefühl nachlässt. Wie wohl ihm das tut, kann man an seinem Gesicht erkennen. Schon lange hat der Hase nicht mehr so gelächelt wie während der zig Millionen Geschenkübergaben in Argentinien, Chile, Peru, Bolivien, Paraguay und Uruguay. Sogar zu Beginn der Besuche in Brasilien läuft alles bestens. Er wundert sich zwar, dass das Pulver in seinen Taschen sowie die Geschenke im großen roten Sack niemals ausgehen, doch er hat gelernt, die Dinge so zu nehmen, wie sie sind.

Weihnachtszauber, genau das ist es für ihn.

Aber alles hat einen Preis. Das unerwartete frühe Aufstehen, das Lernen und Trainieren ungewohnter Arbeitsabläufe, noch dazu unter Zeitdruck und das bereits unzählige Aufsuchen jener Menschen, die sich zu Weihnachten etwas wünschen, leert zunehmend seine *Batterien*.

Als er das nächste Haus ansteuert, das zu einem großen Teil unter einem riesigen Baum steht, schwingt sein Konzentrationspegel von grün zu gelbgrün. Seine Konzentrationsschwäche ist, abgesehen vom strömenden Regen, mit größter Wahrscheinlichkeit der Grund, dass er bei dem Landemanöver auf dem Dach irrtümlich auf den Serviceknopf, statt auf den Parkknopf drückt.

(Falls man sich jetzt fragt, ob der Osterhase, die Rentiere und die Geschenke bei diesem Regen nicht klatschnass werden? Nein! Sie sind von einer Weihnachtsmagiewolke umhüllt.)

Augenblicklich beginnt das ganze Armaturenbrett zu blinken. „Habe ich jetzt etwas beschädigt?", fragt er ängstlich Rudolph. Der blickt ihn unwissend an und empfiehlt ihm, im Handbuch nachzuschauen.

Wie wild beginnt er daraufhin im Handbuch zu blättern, während es einmal hier, einmal da und gefühlt überall blinkt. Wie in den meisten Anleitungen, findet er auch hier die notwendige Hilfestellung nicht. Während er das Handbuch zuklappt und in das Handschuhfach schleudern will, sieht er den Schraubenzieher. Um 360° drehen – sprechen – Info zur

Problembehebung kommt, daran kann er sich erinnern. Gedacht, getan, spricht er nach dem Drehen in den Schraubenziehergriff: „Kann mich jemand hören?" Sofort meldet sich ein Mechanikerwichtel und erkundigt sich, wobei er Unterstützung braucht. Schnell wird das Problem erklärt und ebenso schnell kommt die Antwort: „Greif unter die Sitzbank und drücke auf die längliche Taste. Diese ermöglicht, ähnlich einem Notfall-Stopp-Schalter, ein sofortiges Herunterfahren der gesamten Anlage. Nach einer Kreiseldrehdauer kannst du mittels Startknopf die Anlage wieder hochfahren. Der Kreisel befindet sich auf der Ladefläche, gleich hinter dem Sitz." Der in Not geratene Hase bedankt sich, drückt auf die Taste und alle Lichter erlöschen. Hurtig dreht er sich um und versucht den roten Sack auf die Seite zu schieben, um den Kreisel zu finden. Schnell merkt er, dass dies im Sitzen nicht geht. Er muss sich auf die Bank knien. Dabei wird sein teilweise entblößtes Hinterteil sichtbar. Die Schlittenzieher, die sein Tun aufmerksam beobachten, grölen wie auf Kommando gemeinsam los. Zu komisch ist der Anblick. Kopfüber liegt der Hase auf der Rückenlehne der Sitzfläche und das Hinterteil, das durch das Loch einen Blick auf fast die Hälfte seines Gesäßes ermöglicht, wird ihnen entgegengestreckt. „Ihr habt gut lachen! Ihr seid ja bisher bei unserem Einsatz verschont geblieben!", kontert er und beugt sich noch weiter nach hinten, um den Sack beiseitezuschieben.

Was jetzt passiert, ist kabarettreif. Er bekommt Übergewicht und landet kopfüber zwischen Sack und Rückseite der Sitzbank. Vor sich hinmurmelnd, signalisiert er den Rentieren, dass er noch genügend Luft bekommt. Daher machen sie sich keine Sorgen und genießen das Schauspiel. Es ist zu komisch. Entlang seiner entblößten schlanken Beine bahnen sich Spuren einer beige-braun-grauen Masse. Die Rentiere können ja nicht wissen, was sich aus den Stiefeln zähflüssig auf den Weg macht.

Inzwischen schafft es der Hase, sich umzudrehen bzw. sich so zu drehen, dass sein Kopf wieder oben ist. Mit dem Kreisel in der Hand klettert er auf die Sitzfläche zurück. Da steht er und faucht: „Danke für eure Unterstützung!"

Das können die Schlittenzieher jedoch nicht hören. Ihr Gelächter übertönt seine Stimme. Kein Wunder bei dem Anblick. Die Mütze fehlt und die Hasenohren sind vor Zorn an den Spitzen ganz rot. Das eine Auge ist blau und, wahrscheinlich durch den Kopfstand, noch geschwollener als zuvor. Der Bluterguss hat jetzt das Ausmaß von einer zusätzlichen Gesichtshälfte. Dazu kommt die an beiden Seiten verschmierte Jacke, die an beiden Säumen mit Mus versaute Hose, die auf einer Seite herunterhängt und zwischen den Beinen pendelt der Hosenträger. Enttäuscht über das mangelnde Mitgefühl seiner Gefährten greift er nach hinten und erwischt noch einen Zipfel seiner Mütze. Er stellt den Kreisel auf die Bank und drückt darauf, wodurch dieser sich zu drehen beginnt. Nachdem er die Mütze aufgesetzt hat, greift er zu dem Sack für dieses Haus und macht sich auf den Weg zum Weihnachtszimmer.

Als er von seiner Mission zurückkommt, dreht sich der Kreisel zwar etwas langsamer, aber noch immer. Um die noch verbleibende Zeit bis zum Neustart zur Erholung zu nutzen, lehnt er sich gemütlich auf der Sitzbank nach hinten, schaut nach oben und schreit vor Schreck: „Hilfe! Eine Spiiiiinne! Eine Brasilianische Wanderspinne!" Tatsächlich seilt sich gerade eine echte Brasilianische Wanderspinne von einem Ast, der etwa zwei Meter über ihm ist, langsam ab. Diese Information sorgt für einen akkuraten Abbruch des Gelächters der Rentiere. Sie nehmen sofort ihre Haltung zum Abflug ein. Obwohl der Ersatzmann des Weihnachtsmannes die Spinne noch nie in Natura gesehen hat, weiß er so einiges über sie. Er hat einmal eine Dokumentation über die giftigsten Tiere der Welt gesehen. Und diese Spinne gehört dazu. Ihr Gift ist zwanzigmal tödlicher als das einer Schwarzen Witwe. Jedes Jahr sterben ca. zehn Menschen durch ihr Gift. Und wer glaubt, sie nur in Brasilien zu finden, der irrt. Man kann sie auch in Argentinien, Uruguay, Paraguay und in so manchen exportierten Bananenkisten weltweit antreffen. Er kann sich auch noch daran erinnern, dass die Wirkung bei Hunden und Mäusen schlimmer ist als bei Kaninchen. Doch das beruhigt den Hasen überhaupt nicht. Wer verlässt sich schon auf Studien? Er sicher nicht, vor allem wenn sein Leben auf dem Spiel stehen könnte.

Er wagt einen kurzen Blick zum Kreisel, der sich noch immer gemächlich dreht. „Das kann jetzt nicht wahr sein!", flüstert er vor lauter Angst, die Spinne könnte durch die Lautstärke vor Schreck das Fadenspinnen vergessen und auf den Schlitten fallen. Noch etwa einen Meter beträgt der Abstand und der Kreisel dreht sich noch immer. Mit einer Totstellhaltung versucht er, keine Aufmerksamkeit zu erregen, in der Hoffnung, dass die Spinne ihre Richtung ändert. Ein Gedanke beschäftigt ihn: „Auch wenn der Biss für mich nicht tödlich ist, würde eine Lähmung katastrophal für die Mission sein." Der Abstand wird noch kleiner. Der Kreisel dreht sich und dreht sich. „Hört der überhaupt einmal auf?", fragt er, während sein Blick hektisch abwechselnd nach oben zur Spinne und seitlich nach unten zum Kreisel wandert. So geht es Zentimeter für Zentimeter, während die Gefahr sich unweigerlich nähert. Es werden dreißig, zwanzig, zehn Zentimeter und sein Kopf nickt im Sekundentakt, während die Drehung des Kreisels langsamer und langsamer wird. Und langsam rutscht er immer tiefer in seinen Sitz, um so noch Zentimeter bzw. Zeit zu gewinnen. Neun, acht, sieben Zentimeter, der Schweißausbruch ist da, der Kreisel steht noch nicht. Sechs, fünf Zentimeter, die eine Pfote hält die Zügel und die andere wartet über dem Startknopf. Jetzt, vier Zentimeter über ihm, der Kreisel stoppt und reaktionsschnell drückt er auf den Startknopf, duckt sich noch tiefer und schreit gleichzeitig „Hü!"

Gerade noch schaffen sie den Abflug, ohne einen unerwünschten Gast mitnehmen zu müssen. Jedoch auf Kosten des Kreisels, der durch den abrupten Start vom Schlitten fällt und auf dem Boden in tausend Stücke zerfällt. „Nur weg hier!", kommandiert er, gefolgt von der Feststellung: „Die Kreiselteile sind unbrauchbar!" Regenwald hin oder her, ab jetzt wird auf den Landeplatz besonders geachtet.

Das freigesetzte Adrenalin ermöglicht ihm, rascher und konzentrierter seine Einsätze abzuarbeiten. Sein Heißhungergefühl ist zurück und er kann wieder Kekse und Milch verzehren, auch wenn es sich um Diätkekse und Soja-, Hafer- oder sonstige Milchersatzprodukte handelt.

Jedoch nicht für lange Zeit. Schon bald setzt das Sättigungsgefühl wieder ein und er greift wieder auf seine erprobte Methode zurück, steckt Stückchen amerikanischer Cookies oder bunt verzierter Weihnachtskekse in die Stiefel und gießt einen Schluck Milch hinterher. Wenn man das Wort *Übertreibung* erklären müsste, dann braucht man nur sagen: „Fahr nach Nordamerika!" Von allem zu viel! Bester Beweis dafür ist die Weihnachtsdekoration für drinnen und draußen. Faszinierende Beleuchtungskonzepte gepaart mit weihnachtlichen Arrangements in den Räumen, am Haus und Figuren im Garten. Was jedoch viel schlimmer ist und dem Hasen in Amerika mehr Angst einjagt ist diese Waffenvernarrtheit der Amerikaner. Sie haben definitiv zu viele davon. New York City, die Stadt, die niemals schläft! Wirklich, denn da fliegen sogar nachts die Helikopter, denen er ausweichen muss, denn sie können ihn ja nicht sehen. Sichtbarkeit wäre für ihn mit größter Wahrscheinlichkeit tödlich. Zum Schluss würde er eine Kugel abfangen, weil sie annehmen, er wäre ein Betrüger. Wer glaubt schon einem Hasen im Weihnachtsmannkostüm. Eben! Es ist aber nicht nur die Bronx, sondern auch in Detroit schlottern seine Knie. Detroit gilt als gefährlichste Stadt der USA. Zum Glück gibt es dort nicht viele Menschen zu beschenken, da durch den Wegzug der Familien viele Häuser leer stehen. Mit Erleichterung in der Seele, aber schweren Stiefeln heben sie ab nach Grönland.

„Hurra!", freut sich der Ersatzweihnachtsmann. „Das werden wir schnell haben." Die Freude ist verständlich. Diese riesige Insel hat die geringste Einwohnerdichte auf eintausend Quadratkilometern und er braucht nur der Küstenlinie folgen. „Seltsam, wie unruhig und hektisch meine Zugtiere werden", wundert er sich. „Haben die beim letzten Stopp in Neufundland einen Energydrink geschlabbert?" Während des Fluges über die Labradorsee hat sich anscheinend die Wirkung des hochdosierten Zucker-Koffein-Getränks voll entfaltet. Doch schon beim Landeanflug stellt er fest, dass es nur Vorfreude ist. Familie! Eine riesige Rentierherde ist das Empfangskomitee und zu seiner Überraschung steuern sie mit dem Schlitten in eine unbewohnte Fläche.

Unter ihnen laufen Tausende von Rentieren, begleitet von einem knackenden Geräusch. Es klingt fast, als würden sie über eine Fläche mit kleinen getrockneten Ästen laufen, die unter ihrer Last zerbrechen. Jetzt weiß er, warum es unbewohnt sein muss. Bei dem Lärm würden die Menschen schnell auf sie aufmerksam und sie könnten nicht so ungestört leben.

Er genießt den Anblick der sich freuenden Artgenossen seiner Assistenten, die sie umringen. Die Rentiere reiben zur Begrüßung ihre Nasen gegenseitig am Körper des anderen. Auch er wird gestupst, bis er kapierte, dass sie zwischen den Augen gekrault werden möchten. Die Ausgelassenheit der Tiere lässt ihn vergessen, dass er es unmöglich zeitlich schaffen kann, alle hier stehenden Rens zu streicheln. Er würde Stunden brauchen und die haben sie leider nicht. Es vergehen ein paar Minuten, bis Rudolph die Rolle des Verantwortungsbewussten übernimmt und verkündet, dass in einer Minute Abflug ist. Man hätte die Uhr stellen können. Exakt nach einer Minute öffnet sich vor dem Schlitten eine freie Bahn. Im Spalier, links und rechts gesäumt, stehen die Rentiere zum Abschied und trippeln im Stand, was ein extrem lautes Knacken verursacht. Grönland ist, wie gesagt, ein kleiner Auftrag.

Der nächste Halt, Kanada, ist da schon eine andere Liga. Es fühlt sich auch kälter als Grönland an. Wenn er nicht auf der beheizten Bank sitzt, stellen sich vor Kälte die durch das Loch der Hose freiliegenden Popohaare auf. „Es dauert nicht mehr lange! Es dauert nicht mehr lange!", versucht er sich selbst zu motivieren.

Wären nur seine Stiefel nicht so schwer. Schritt für Schritt braucht er zunehmend mehr Kraft, um ein Bein vor das andere zu setzen. Es beginnt, in seinen Oberschenkeln zu ziehen. Eigentlich hat er gedacht, er sei er fit wie ein Turnschuh, doch ihm schwant ein gigantischer Muskelkater für die nächsten Tage. Wenn er zuhause ist, muss er seiner Frau den Tipp geben, Gewichte an den Knöcheln zu fixieren. Er ist überzeugt, dass diese Übung vorteilhafter für ihre Figur ist als diese Basendiät mit der *Muskelvergewaltigung* durch die Faszienrolle. Da hilft nur Ausdauertraining! In seinen Augen hat sie es zwar nicht nötig, denn für ihn ist sie so schön wie am ersten Tag.

Er wird aus seinen Gedanken gerissen. Das Getöse der Niagarawasserfälle ist gewaltig. Eine Naturgewalt, die ihn ehrfürchtig werden lässt. Leider kann er sie jetzt im Dunkeln nicht sehen, aber er hat ein geistiges Bild vor Augen. Irgendwann muss er mit seiner Familie hier Urlaub machen, nimmt er sich vor. Kanada hat mehr Seenfläche als alle anderen Länder der Welt zusammen. Ist das bekannt? Weil ihn das Land schon immer interessiert, weiß er viel darüber. Zum Beispiel, dass 90 % der Fläche unbewohnt ist, das Land nur 1,5 % größer als die USA ist, 10 % der weltweiten Waldfläche besitzt und dass es pro Kopf mehr Donut-Läden gibt als in jedem anderen Land der Welt. Es ist nicht nur als vielfältiges, modernes, friedliches und herzliches Land bekannt, sondern auch für seine unberührte Wildnis und die atemberaubende Schönheit seiner Natur.

Im Schwärmen versunken, bekommt er nicht mit, dass seine beiden Stiefel schon fast bis zur Schaftoberkante mit der Keks-Milch-Mischung gefüllt sind. Was soll er aber auch machen, wenn ihm beim Anblick der für ihn vorbereiteten Nascherei alles hochkommt.

Die bis jetzt konsumierten Kalorien beschleunigen weiterhin das Wachstum seines Bauches. Dazu kommen noch die Blähungen. Er verkneift sich zu pupsen, weil er sich vor den Rentieren geniert. Die Konsequenz ist, dass die Knöpfe, dank der starken Fäden, zwar noch halten, aber einer bedrohlichen Spannung ausgesetzt sind. Es schauen bereits ein paar Fellhaare hervor. Wieder murmelt er: „Es dauert nicht mehr lange! Es dauert nicht mehr lange!", zur Beruhigung, als würde das Unvermeidliche verhindert werden können.

Am Einsatzort Alaska, fasziniert von der mystischen Atmosphäre mit den beeindruckenden Nordlichtern und dem Getöse der ins Meer fallenden riesigen Gletscherbrocken, wobei letzteres für ihn beängstigend ist, da dies den beschleunigten Klimawandel belegt, passiert es. Zuerst reißt der Knopf oberhalb des Gürtels ab und fliegt in hohem Bogen in Richtung Armaturenbrett, verfehlt dieses knapp und trifft das Hinterteil von Blixen. Der jault auf und herrscht ihn an: „Hey Alter! Spinnst du?" Während er sich entschuldigt, geht es Schlag auf Schlag und ein Knopf nach dem anderen löst sich. Er versucht noch, sie mit einer Pfote, die andere muss ja die Zügel halten, zu fangen, was ihm jedoch nicht gelingt. Ein einziger fällt nach dem Aufprall am Armaturenbrett auf den Boden vor seine Füße. Den will er wenigstens mitnehmen, bevor er beim nächsten Steuermanöver, bei Schieflage des Schlittens, den anderen Knöpfen folgt und für immer verloren ist.

Reaktionsschnell hebt er das eine Bein zur Seite, um leichter an den Knopf zu kommen, greift nach unten, hält ihn schon fast in der Pfote, als die Rentiere den Landeanflug auf das nächste Dach starten und es zu der vorabbeschriebenen Schieflage kommt. Diese Überraschung löst das nächste Desaster aus.

Er hebt den Kopf, erkennt die Situation und bevor er nach dem Knopf greifen kann, drückt er mit der vollen Kraft seines Fußes auf den Schlittenboden, um durch ein Dagegenstemmen den Halt am Sitz nicht zu verlieren. Was er jedoch nicht mehr schafft, ist, die Pfote rechtzeitig wegzuziehen. „Schei …", entfährt es ihm. Sofort hebt er den Fuß, was zwar seine Pfote entlastet, jedoch rutscht er nun auf dem Sitz so gefährlich zur Seite, dass er fast kopfüber herauspurzelt.

Durch den Zug der Zügel bekommen die Schlittenzieher das Zeichen zum Gegensteuern. Die Rutschpartie geht in die andere Richtung weiter und er stößt seitlich mit voller Wucht gegen die Armlehne. Dies verursacht ein Schleudertrauma seines Kopfes, sodass er nun auch noch die Mütze verliert. „Echt jetzt!", krächzt er vor Zorn. „Wir müssen sofort umdrehen. Ich habe meine Mütze verloren", ruft er den Schlittenziehern zu, verschweigt aber, dass er sich an der Pfote verletzt hat.

Als der Schock nachlässt, beginnt der pulsierende Schmerz. Zögerlich blickt er auf seine verletzte Pfote. Sie ist angeschwollen und mindestens doppelt so groß. „Es dauert nicht mehr lange! Es dauert nicht mehr lange!", nuschelt er zähneknirschend in seine Barthaare, während sie eine Zwischenlandung neben einer Hütte machen, die nicht auf ihrer Liste steht.

Sie sieht auch nicht bewohnt aus, doch irgendjemand muss da sein, um den angeketteten wolfähnlichen Hund zu versorgen, nimmt er an. „Nicht!", will er gerade schreien, verkneift es sich jedoch mit vorgehaltener Pfote, als er sieht, dass der Hund an seiner verlorenen Kopfbedeckung schnuppert und reinbeißt, sie aber gleich wieder fallen lässt. „Das kann ja wohl nicht wahr sein. So viel unbewohntes Land und genau vor einem angeketteten Hund landet meine Mütze. Warum? Was habe ich verbrochen?", schimpft er vor sich hin.

Er hat allerdings nicht mitbekommen, dass sie zum Glück Gegenwind haben. Er bittet Rudolph um Rat, was er jetzt machen soll. Er will doch seine Mütze zurückhaben. Dieser zuckt jedoch nur unwissend seine Schultern. Bevor der Wolfshund wieder Lust auf das Beißen bekommt, muss ihm etwas einfallen.

Wenn er nur jemanden um Rat fragen könnte, denkt er und prompt fällt ihm das Walkie-Talkie ein. Er kramt das Gerät aus dem Handschuhfach, drückt mit der heilen Pfote auf den Eingabeknopf und fragt: „Kann mich jemand hören? Bitte melden!"

Nach einigen Wiederholungen mit Knacken und Rauschen als Antwort, schleudert er das Gerät zurück ins Handschuhfach und schließt dieses mit einem Knall. Dies weckt sofort die Aufmerksamkeit des Wachtieres, das gerade an der Quaste zerrt, die nur noch an wenigen langen Fäden hängt.

Der Hund weiß, dass etwas nicht stimmt, kann aber weder etwas sehen noch riechen. Er beginnt zu schnüffeln. Sein Radius weitet sich aus bis zum Kettenende. Der Mützenverlierer wartet und wartet, bis der Hund die größtmögliche Entfernung zu seinem Objekt der Begierde erreicht hat und sprintet los. „Damit hast du nicht gerechnet. Dir werde ich's zeigen!", denkt der Hase, während er die Mütze schnappt und im Zickzacklauf die Gefahrenzone wieder verlässt.

Zurückgelassen wird ein fassungslos dreinschauender Vierbeiner, der das Verschwinden der Mütze beobachtet und kläffend auf diese Stelle zu- läuft. Zu spät für ihn, denn da hat sich der Hase schon in Sicherheit ge- bracht. Sein Glück, denn nun hat der Quastenfresser die Witterung aufge- nommen und will ihn verfolgen. Wäre da nicht die Kette gewesen, wäre auch ein Blitzstart mit dem Schlitten zu langsam gewesen und er wäre dessen Spätmahlzeit geworden.

Zurück auf seinem Sitz, mit dem Bellen als Hintergrundgeräusch, hält er die Mütze am fellbesetzten Saum und betrachtet die baumelnde Quas- te, von der der zähe Sabber des Verkosters fließt. „Igitt! Die setze ich nicht mehr auf!" Darüber ist er sich im Klaren und steckt sie zwischen Rücksitz und großen Sack. Mit „Hü!" machen sie sich auf, die noch verbliebenen Einsätze in Alaska abzuarbeiten.

23

Bis zu seinen letzten Besuchen, die auf der Insel Samoa sein werden, fliegt er über das Alaska Maritime National Wildlife Refuge, welches ca. zweitausendfünfhundert Inseln, Buchten und Riffe umfasst und weiter mit wenigen Stopps auf die spärlich bewohnten Inseln der Andreanof Islands.

„Es ist bald vorbei!", betet er fast und zieht Resümee über sich selbst.

Von oben nach unten betrachtet fehlt ihm die Mütze und seine Ohrenspitzen leuchten rot vor Zorn. Das verquollene Auge wird er tagelang nicht öffnen können und die Schmerzen der lädierten, angeschwollenen Pfote haben sich nicht gebessert, obwohl er bei jedem Einsatz darauf achtet, sie nicht zu benutzen. Jedes Anstoßen wäre sowieso zu schmerzhaft. Die Jacke hat keine Knöpfe mehr. Das ist noch die kleinste Reparatur, wenn man die Hose genau betrachtet. Da ist ein Loch, das man nicht stopfen kann. Dann wäre da noch der herunterhängende Hosenträger, der Schuld an der Schieflage seines Hosenbundes ist und die extrem ausgeweiteten Stiefel mit einem Keks-Milch-Brei. Sein Angstschweiß, der über sein Fell abgeleitet wird, hat sich mit den Ausdünstungen seiner Schweißfüße vermischt und das alles mit dem Keks-Milch-Brei. Dieses Gemenge würde eher eine Seuche entstehen lassen. Eindeutig bedenklich!

Zusammengefasst bezweifelt er gerade, dass seine Frau ihm glauben wird, dass er den Weihnachtsmann vertreten hat. Eine Story beginnend mit „Ich bin überfallen worden…" wäre glaubwürdiger.

Der Gedanke an die vielen Fragen seiner Frau, die er sicher vor dem Schlafengehen noch beantworten muss, verursacht ihm Kopfschmerzen. Er hätte niemals öffnen sollen! Die multiplen Schmerzen, die Störung seines Bio-Rhythmus und die körperliche Überbeanspruchung, vor allem die seiner Beine, machen ihn müde. Abermals fallen ihm fast die Augen zu. In der Ferne sieht er Kiribati. Nein, er ist nicht zu weit geflogen. Die Zeitzone macht einen eigenartigen Knick. Nur noch Samoa, bekannt für seine vielen Kinder. Angeblich gibt es hier sogar die jüngste Bevölkerung, denn der größte Teil der Bewohner ist hier unter zwanzig Jahre alt. Man wächst unter vielen Freunden auf, denn selten hat eine Frau weniger als fünf oder sechs Kinder.

Schlussfolgernd muss er trotz der überanstrengten Muskeln und Schmerzen die letzten Reserven mobilisieren, um die Berge von Geschenken jeder Familie an ihren Bestimmungsort zu bringen. Die empathischen Rentiere, seine treuen Gefährten, eröffnen den Countdown, als nur noch einhundert Besuche vor ihnen liegen.

Jetzt wird er hektisch, um so schnell wie möglich wieder nach Hause zu kommen.

Ausgerechnet beim letzten Haus, das keinen Kamin hat, verwechselt er das Pulver. Er steht vor der Eingangstür, den schweren Sack auf seinen Schultern und wartet auf die Wirkung der Verkleinerung. Was geschieht? Nichts! Er steht in der drückenden Hitze, fix und fertig vor seinem letzten Einsatz und wird ganz hibbelig. „Wirkt das Pulver nicht mehr? Bin ich vielleicht schon zu lange unterwegs und die Wirksamkeit des Pulvers ist abgelaufen?", grübelt er, während er auf der Veranda rückwärtsgeht, um unter dem Vordach hervorzukommen, damit er die Rentiere auf dem Dach fragen kann, ob seine Vermutung stimmt. Ein Schritt zu viel, er hat die Stufen vergessen und purzelt rückwärts runter und mit ihm der prall gefüllte Sack, den er krampfhaft festhält. Die zerquetschten Geschenke sind das kleinere Übel. Allerdings muss sich in einem der Pakete anscheinend ein Wecker befinden. Dieser fängt an zu läuten und es dauert nicht lange, bis in einem Zimmer das Licht angeht.

Panik kommt hoch und der Hase sprintet mit dem Sack zum Ausgangspunkt des Übels zurück, legt die Pakete aus dem Sack vor die Haustür und macht sich aus dem Staub. Er schafft es in letzter Minute, mit dem Schlitten abzuheben, bevor die Tür aufgeht.

„Gebt euer Bestes! Ab nach Hause, ich kann nicht mehr!", fleht der ramponierte Weihnachtshase die Schlittenzieher an. Die Wolkendecke wird rasch erreicht und er schaltet den Unsichtbarkeitsmodus aus. An mehr kann er sich nicht mehr erinnern. Er kann sich auf keinen klaren Vorgang mehr konzentrieren. Nur eines ist ihm wichtig, dass sie so schnell wie möglich wieder die ersehnte Start- bzw. jetzt Landerampe erreichen. Er will endlich raus aus den Klamotten. Einen Bericht wird er verweigern und auch nach Small Talk ist ihm nicht. Ein „Tschüss und auf Nimmerwiedersehen" muss reichen und der Wichteloffizier soll ihn sofort mit diesem Buchstaben-Zahlen-Gefährt nach Hause fliegen.

Das Einsatzteam nähert sich der Landebahn und der Hase erkennt von Weitem, dass da einiges los ist. Links und rechts der Rampe vermutet er die Wichtel und Elfen. Deutlicher zu erkennen ist der am Ende der Rampe mit Krücken und Gipsbein stehende Weihnachtsmann mit seiner Gattin.

Während des Landemanövers fliegen die Elfen Loopings und die Wichtel springen in ihrer Freude schnell von einem Bein auf das andere, wobei die Holzschuhe ein lautes, klopfendes Geräusch erzeugen. Ihm fällt sogar ein Lächeln schwer, so fix und fertig ist er. Er will nur noch seinen Plan verfolgen und so rasch wie möglich von hier verschwinden.

Mit Mühe erhebt er sich vom Sitz und möchte aus dem Schlitten steigen, stolpert aber über sein eigenes Bein und verliert wegen der schweren Stiefel sein Gleichgewicht. Ein Sturz kann trotz herbeieilender Elfen nicht verhindert werden. Er spürt noch, wie sein Kopf hart am Boden aufschlägt und dann wird es schwarz vor seinen Augen.

Dumpf vernimmt er ein Klopfen aus der Ferne. Er kann sich nicht bewegen, sein Gehirn will keine Nervenreize schicken. So liegt er eine Zeit lang mit in alle Himmelsrichtungen ausgestreckten Extremitäten am Boden. *Klopf, klopf, klopf!* – die Geräusche scheinen näher zu kommen. Wieder döst er weg. *Klopf, klopf, klopf!* – holt es ihn wieder zurück aus seinem Dämmerzustand und er denkt sich: „Hört endlich auf! Warum könnt ihr Wichtel nicht stillstehen? Seht ihr nicht, wie schlecht es mir geht? Ich gehöre ins Bett!" Aussprechen kann er nichts mehr, denn erneut ist Funkstille in seinem Kopf.

Wie viel Zeit bis zum nächsten Wahrnehmen des *Klopf, klopf, klopf!* vergeht, kann er nicht feststellen, doch er spürt die Rückkehr seiner Sinne, da er einen weicheren Untergrund wahrnimmt. Sie dürften ihn in ein Bett gelegt und ausgezogen haben. Sein brummender Kopfschmerz ist ein weiteres Zeichen, dass es wieder in Richtung Wachzustand geht. *Klopf, klopf, klopf!* „Sind die Wichtel irre? Steht ihr vor meinem Zimmer und springt noch immer von einem Bein auf das andere?", denkt er sich und wird zornig. Mit jedem Klopfer erhöht sich sein Stresshormonspiegel, bis er wutentbrannt aus dem Bett steigt. Seine Augen kann er nicht einmal richtig öffnen, aber es ist ihm egal. Er schleppt sich, schützend mit einem ausgestreckten Vorderbein, in Richtung des Klopfgeräusches. Einer muss ja dafür sorgen, dass sie endlich aufhören. Er hat alles, was sie wollten, getan. Jetzt sollten sie alles tun, damit er die notwendige Erholungsmöglichkeit bekommt. Angetrieben von diesem Drang, ihnen seine Meinung zu geigen, spürt er die Tür, greift zur Klinke, reißt sie auf und will gerade seine Schimpftirade loslassen, aber durch seine Schlitzaugen sieht er niemanden. Ein Blick nach links, rechts, oben und auf den Boden ergeben das Gleiche. Da steht niemand und irgendwie ist es auch so dunkel. Nur eine kleine Lampe oberhalb der Tür wirft ein schwaches Licht auf den Boden. „Irgendetwas stimmt hier doch nicht", denkt er sich und öffnet, da das linke ja verletzt wurde, nur sein rechtes Auge.

„Das kann doch nicht wahr sein. Wie bin ich nach Hause gekommen?", wundert er sich, als er mehr und mehr zu sich kommt. Zu seiner eigenen Überraschung öffnet sich nun auch das zweite Auge ohne Probleme. Verstört betastet er beide Augen mit seinen Pfoten. „Nanu!", denkt er und stellt gleichzeitig fest, dass weder dem linken Auge noch seiner Pfote etwas passiert ist.

Erst jetzt registriert er, dass alle Gliedmaßen und die Augen heil sind und auch die Kopfschmerzen sind verschwunden.

„Aber was hat mich geweckt? Woher kam das Klopfen?", grübelt er kopfschüttelnd, dreht sich um und sieht ein quaderförmiges, mit grünem

Geschenkpapier und roter Schleife verziertes Paket neben dem Türpfosten stehen. Ein Absender oder eine Karte kann er nach der oberflächlichen Inspektion nicht entdecken.

Jetzt packt ihn die Neugier. Er reißt sofort die Schleife und dann das Papier runter, öffnet die Schachtel und zieht den Inhalt heraus.

In der Hand hält er eine große Flasche mit der Aufschrift *Quellwasser mit Mineralien und Bio-Honig, garantiert traumloses Schlafen.*

Er dreht sich um die eigene Achse, um nachzusehen, ob da nicht doch noch der Zustellbote zu sehen ist. Just in diesem Moment fliegt das Rentiergespann mit Schlitten und dem darauf sitzenden Weihnachtsmann ohne Gipsbein vorbei. Er hat die gestreckten Finger der rechten Hand an den Saum der Kopfbedeckung gelegt, zwinkert mit seinem linken Auge und schmettert ein perfektes *Ho ho ho* in die Nacht.

Bevor der Osterhase reagieren kann, sind sie schon weg. Plötzlich spürt er ein Glucksen in sich aufsteigen und er prustet los. Durch seinen Lachanfall wird seine ganze Familie geweckt, die alle einer nach dem anderen herauskommen und sich fassungslos kopfschüttelnd um ihn scharen.

Und wenn der Osterhase nicht am Lachkrampf gestorben ist, dann macht er sich zu Ostern auf den Weg zu dir.

ENDE

Danke an Elfi, die beste Freundin der Welt! Sie motivierte mich, nach
16 Seiten die Geschichte fertig zu schreiben!

Danke an Monika, meine Lektorin, die mir stets mit Rat und Tat zur
Seite stand. Ihre Begleitung übertraf meine Erwartungen und ich freue
mich schon auf die Zusammenarbeit bei meinem nächsten Buch.

Die Autorin

Ingeborg Zadravec ist eine junggebliebene Erwachsene, die die Weihnachtszeit über alles liebt. Bereits im Sommer beginnt sie mit den Vorbereitungen für das nächste Weihnachtsfest. Mit ihrer Leidenschaft hat sie auch bereits ihre Kinder und ihre Enkeltochter angesteckt.

Eines Tages tauchte in der Familie folgende Frage auf: „Was wäre, wenn Ingeborg nicht die Koordination unseres Patchwork-Family-Festes zu Weihnachten übernehmen könnte?"

Natürlich eine rein hypothetische Frage. Das Thema führte jedoch spontan zu einer skurrilen Idee eines Ausfallszenarios der besonderen Art. Es entstand eine immer länger werdende Geschichte, die in Ingeborgs erstem Buch endete und für eine Aufheiterung in anderen Familien in der Vorweihnachtszeit sorgen soll.

Ingeborg lebt mit ihrer Familie in Österreich in der Südsteiermark.